象头神迦纳什雕像
（波罗王朝，10世纪）

四臂毗湿奴，即黑天
（现代画像）

黑天和罗陀
（印度细密画，现代）

黑天、罗陀和众牧女
（现代绘画）

阎牟那河畔，吹笛的黑天和与众牧女跳舞的黑天
（现代绘画）

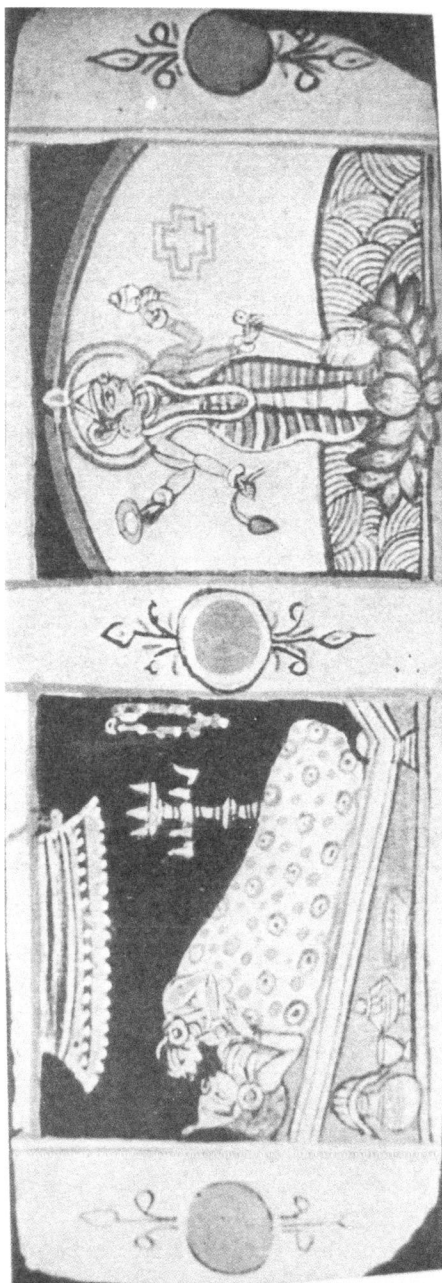

下凡为世俗黑天的毗湿奴和毗湿奴漂浮在原初之海上的毗湿奴

女友向罗陀讲述黑天的情况
（约绘于 1575 年）

女友向黑天讲述罗陀的情况
（约绘于 1575 年）

黑天和众牧女
（绘于 16 世纪）

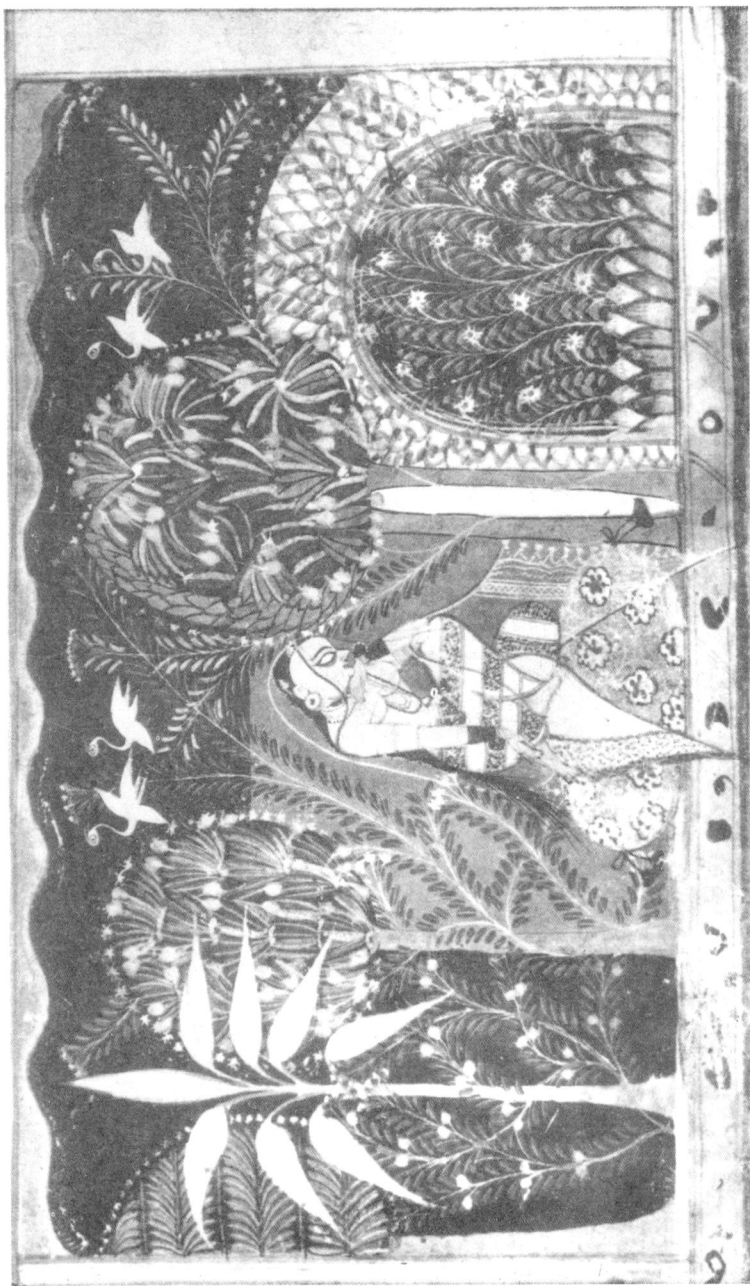

孤独悲伤的罗陀
（绘于 16 世纪中叶）

谦恭的黑天和负气的罗陀
（约绘于 1654 年）

正文插图图一彩色版

正文插图图二彩色版

正文插图图三彩色版

正文插图图四彩色版

正文插图图七彩色版

正文插图图九彩色版

正文插图图十三彩色版

正文插图图十五彩色版

正文插图图十七彩色版

正文插图图十九彩色版

本书属于国家社科基金重大项目
——"梵文研究及人才队伍建设"

梵语文学译丛

# 牧童歌

गीतगोविन्द

[印度] 胜天 著

葛维钧 译

中西书局

# 前　言

## 一、作者和创作时间

　　《牧童歌》(*Gītagovinda*)是一部赞颂黑天(Kṛṣṇa)和他的情人罗陀(Rādhā)的抒情诗篇。作者胜天(Jayadeva)是 12 世纪中后叶人。他是一个虔诚的毗湿奴派信徒,一个知识广博的梵语学者,精通音律,善于吟诗。胜天的故乡在阿贾雅(Ajaya)河畔的肯杜维尔瓦村(Kenduvilva;即译文第三章第 10 颂中的紧度毗罗瓦,Kindubilva)。该村今称肯杜利(Kenduli),属西孟加拉邦比尔布姆县。也有说法称他是弥提罗人,或奥里萨地方的人。有传说称,他出生在一个婆罗门家庭,父亲名薄伽提婆,母亲名伐摩提毗(又说为罗摩提毗)。他自幼学习吠陀经典和其他文学著作,但后来放弃了学问的钻研,专门进行创作,并娶了高种姓的寺院舞女钵摩婆底(Padmāvatī)为妻。① 当时统治孟加拉地区的是犀那王朝,胜天是该朝国王落讫瑟曼那·犀那(1175—1200)宫廷中的"五宝"(即五位大诗人,其他几位是牛增、舍罗那、乌玛波底陀罗和托寅)之一。还有说法称他曾短期在乌陀迦罗国王的宫廷中做过御用诗人。乌陀迦罗在今奥里萨。除上面的基本情况外,后人对他的生平就再无所知了。印度古代和中世纪的圣贤、哲人、诗人、作家大抵身世不详,行迹亦湮没无闻。人们可以欣赏一部伟大的文学作品,或者一件优秀的艺术品,而全然不知它的作者是谁,生在何处,生平如何。对胜天也是一样。

《牧童歌》的创作时间亦无准确说法。有人举出证据说它创作于 12 世纪 50 到 60 年代。支持这一说法的证据有:该诗最早的注释是由一个名叫乌陀衍那阇梨(Udayanācārya)的人写的,他与恒伽王朝的国王罗阇·罗阇·提婆第二是同时代人,而后者在位时间是公元 1170—1190 年。此外,1205 年由师利陀

---

① 这里所说的寺院据称就是著名的扎格那特寺,在今印度奥里萨邦首府布巴内斯瓦尔附近的普里。

罗陀娑（Śrīdharadāsa）编纂的文选《悦耳妙语甘露》（*Saduktikarṇāmṛta*）收有他的几首诗。另有人认为《牧童歌》的出现应稍晚于前述时间，在 12 世纪后半叶。

## 二、作品的内容和形式

《牧童歌》讲的是一个寻常的浪漫爱情故事，故事简单到几乎没有情节：在百花盛开，春情涌动的季节，黑天正在同众多牧女嬉戏游玩。这便惹恼了罗陀。她希望自己独占黑天，于是妒火中烧，悻悻离开，到一边去生闷气。在她的想象中，黑天与别的牧女正共度春风，这使她陷入沮丧，几不欲生。与此同时，黑天也强烈地思念着罗陀。罗陀的女友便在他们之间往返传情。当黑天来到罗陀面前的时候，任性和强烈的嫉妒使她大发脾气。最后，在女友的劝说下，加上黑天的苦苦央求，罗陀回到了黑天身边，一场带来过痛苦思恋的爱情风波就此结束。

诗篇开始说到了两者的幽会，但接着便历数大神毗湿奴的种种丰功伟绩，呼唤他的不同名号。由于黑天是毗湿奴的化身已是常识，这就指明了黑天并非常人，而是宇宙之主。值得注意的是,在毗湿奴十化身的赞辞中,没有了黑天,而代之以大力罗摩,更使黑天获得了特殊的神圣地位。在以后的叙述中,黑天始终保持着这一地位,而全诗所描述的男女欢爱便成了他的神圣游戏(līlā)。

印度教毗湿奴派认为,《牧童歌》所讲的故事,隐喻着人类灵魂和神的结合。它是通过人间美女罗陀和黑天大神之间的爱情来表达的。他们的爱情经历了热情的冲动、妒忌、分离、愁思、重归于好和重新结合等各个阶段。表面上看,它是一首展示炽烈的人类情爱的诗篇,而实际上,它应被视为极具精神性的虔诚诗。诗歌中的黑天和罗陀是一对神圣的爱侣,但他们的关系不是夫妻,而是情人。这似乎意味着读者可作如下理解,即他们的关系是自由的,可即可离,恰似人、神之间无所限定、无所约束的状态。然而,人天然需要爱情,且其由衷,其炽烈,往往为任何其他感情所不能比。因此,用它来比喻人神之爱的深切,应该说,也是很恰当的。罗陀是一个感情热烈、孤独而又骄傲的女性,她对于黑天的刻骨铭心的思恋,则反映了信徒对于毗湿奴大神(黑天是其化身之一)的诚心归附和无限向往。说这部诗歌中的宗教感情是通过黑天和罗陀之间强烈的爱情来表达的,道理就在这里。至于黑天与其他牧女的调情,则应该理解为神对于所有人的普遍热爱。黑天接近她们是为了满足她们所有人的要求。牧女罗陀和黑天一样,在诗歌中占据着中心地位,代表着具体的个体灵魂。当黑天对其他牧女示爱的时候,罗陀便感到遭受了遗弃,并责怪黑天不贞。但罗陀终于还是回到了黑天身边,与他重新实现了热情的结合。这也是一个人渴望接近神,并在最后与之合一的隐喻。总之,《牧童歌》所呈现的,是一个人类与最高存在之间的爱的典范。他们的结合,乃是无上崇高的信仰之爱的表达,也意味着人们渴求的极乐状态的实现。在现实中,在实践上,唱诵《牧童歌》,则为的是赞颂大神毗湿奴,崇拜他,向他祈福。

印度教理论家认为,《牧童歌》的内容,可以在不同的层次上解读。在日常生活中,爱情、背叛、结合等各有其人人能懂的意思。而在神学的、人神灵交的意义上,它们同样各有意义。总而言之,在胜天看来,神明和他的信奉者是彼此需要,彼此相爱的,没有一方可以缺少另外一方。诗人通过歌唱,希望黑天与罗陀能有永远厮守的幸福,实际上是希望长久的神人结合能够实现。有学者认为,诗人胜天的成就,在于把供人敬拜的神引回人类社会,使之转化成了人间神,同时也把仪式化的宗教,转变成了纯粹的虔诚信仰。

《牧童歌》由十二章组成,又可分为二十四"歌"。唱歌的是黑天、罗陀或者罗陀的女友。不同的歌要用不同的"拉格"(rāga)①来演唱,以表达不同情境中的不同情绪。每首歌所应采用的拉格都在该歌前面予以注明。另有对于当时情景的叙述,通常比较简短,插在各首歌之间。胜天虽然为诗中各歌规定了不同的拉格,但对于所用拉格的特征却未加说明。有人说13世纪上半叶的沙兰伽提婆(Sāraṅgadeva)在他的著作《歌舞宝藏》(Saṅgīta-ratnākara)中讲到了胜天采用的拉格,但我手边没有这部论著,故不知其详。总的说来,它们都是适于吟唱浪漫爱情的。

《牧童歌》虽是诗歌,但通常是要表演的,像戏剧一样。至少在它面世以后的五个世纪之内是边唱边舞的,风格取自于奥里萨的舞蹈。有人推断,当初胜天在世的

---

① 拉格为印度古典音乐中特有的术语,关于它的定义,迄无统一看法。该词梵语原意为"色彩""情绪",来源于词根√raj,意为"被染色""被愉悦""被迷住"等。作为名词,拉格除了在视觉上用来表示色彩的斑斓外,更在听觉上用来表示某种音乐的美。依据陈自明先生的意见,它"好像是一种表达特定情感的固定旋律结构,或者可以说与我国戏曲音乐中的曲牌相类似",它还"被称为印度古典音乐的心脏和灵魂"。(见俞人豪、陈自明:《东方音乐文化》,人民音乐出版社,1995年,第169—170页)拉格种类繁多,可以用来表达不同的感情或情绪。《牧童歌》中所用的拉格计有11种。

时候,很可能就是由他吟唱自创的《牧童歌》,而他的妻子钵摩婆底则随着他的音调节奏翩翩起舞。因此,如果说我们见到的《牧童歌》,原是一部有机地结合了声乐、器乐、舞蹈和戏剧的文学作品,大概离实际情况并不太远。

## 三、《牧童歌》的历史地位

胜天进行创作的时代,地方语已经开始取代梵语,逐渐成为表达宗教信仰的主要语言。所以,《牧童歌》一向被认为是最后的,也是最优秀的印度教虔诚派梵语诗歌之一。在所有优雅的梵语文学作品中,它也堪称最为精致的实例。胜天熟悉古代梵语文学经典,善于借鉴前人经验。他向蚁垤学习如何布局谋篇,设计情节和表达离苦;向迦梨陀娑学习怎样遣词造句,讲求韵律,选用意蕴丰富的词汇,形成简洁明快的风格。他的著作证明他已经充分吸收了以往梵语作品的精华,并且开启了一个新的时代,即所谓"白话文时代"。在印度诗歌史上,他可以被称作古典时代的最后一人和现代的第一人,其地位概无任何中世纪诗人所能比,甚至有人宣称他是毗耶娑①再世。

《牧童歌》虽然创作于东印度，但它的影响范围却很快扩大开来。13世纪，在西印度的古吉拉特已有寺庙铭文引用其中与毗湿奴十化身有关的诗句。15世纪，曾有一位梅华尔的国王，叫作瓮耳（Kumbhakarṇa）的，为它作注，说明此时它已传到古吉拉特。另有证据说明，尼泊尔人在15世纪也已经知道了它。该诗在16世纪传到了喀拉拉。不出几个世纪，它已经在孟加拉、奥里萨和南印度普遍成为宗教音乐和宗教文学的重要组成部分，甚至有两首诗还被收存在锡克教的圣典《阿迪·格兰特》（Ādi Granth）中。

《牧童歌》因其高度的文学价值和炽烈的宗教热情而在印度文学史上享有盛名，在印度教毗湿奴派信徒中更是广为流传。诗歌问世后数百年间，为它作注的大约有四十家，最著名的注本是瓮耳的《味爱》（Rasikapriyā）、商迦罗·密失罗的《情味花簇》（Rasamañjarī）、帝鲁摩罗·提婆罗耶的《天启喜乐》（Śrutirañjanī）等。还有一部著作，叫作《舞蹈程式集成》（Nṛtyalakṣaṇasṃhitā），作者是婆薮提婆·沙私陀利，专门讲解与诗歌相配的舞

---

① 传说中的大史诗《摩诃婆罗多》的作者。

蹈表演。该书对于诗中哪一个词对应哪一种姿势、动作、手势,该用什么行套等,均有详尽的交代。这部书几乎成了一本教材,它所讲述的内容对于很多舞蹈流派都能适用。除注本外,后世还有大量仿照其风格创作的作品出现。《牧童歌》也启发了一代又一代艺术家的灵感,为他们提供了创作素材。很多音乐、戏剧、舞蹈、雕塑、绘画、织锦等都以它所讲述的故事为表现主题,尤其是17—18世纪的细密画。

胜天的诗极其注重形式,说它考究到了语不惊人死不休的地步,似乎亦不为过。金克木先生称《牧童歌》"音韵铿锵,辞藻华丽,情意双关"[①],吟唱起来应该是非常优美的。然而,巧妙编织的语言,却给翻译带来了莫大的困难。换用了"外语",原诗的美和妙便很难继续存在,至少我没有能力使它们再现。所以,翻译之始,便未敢将形式上的美悬为目标,而仅以传达出原诗的意旨为满足——如果我还能做到的话。诗体自然是不能用;而即使是译作散文,仍不免冗言赘语杂于其间,那是我竭尽全力仍旧无法以简洁的语言充分转述原意的结果。

---

① 《印度古诗选》序,见该书第5页,湖南人民出版社,1984年。

# 四、版本情况

《牧童歌》汉译所据的是 Barbara Stoler Miller 的校订本。书名及版本情况如下：

*The Gitagovinda of Jayadeva*，Columbia University Press，1977；First Indian Edition in 1984 by Motilal Banarsidass Indological Publishers & Booksellers，Dehli.

梵文校订本见该书 128—167 页。

译文中所用插图取自 *Jāur Gīta Govinda* 一书。该书所据贝叶本为 1594 年的《牧童歌》古吉拉特语散文译本，1976 年入藏印度国家博物馆。其书因发现地为距今拉贾斯坦邦乌代布尔城约 50 公里的 Jāur 村，故名。书内共有绘于贝叶的图版 28 面，与相关文字并置。文字内容不是梵语原本的精确迻译，甚至具体情节亦有游离原作之处。它似乎是为戏剧或某种类似活报剧的演出而准备的脚本，所附图版，则为场景的描绘，具有一定的提示作用。由于插图所绘与文字内容关系模糊，且有某种独立性，故本译本只能选择性地采用。Jāur 贝叶本末尾有作者名 Kīratadāsa，但他是文字撰写者，还是插图绘制者，却不得而知。*Jāur Gīta Govinda* 为一绘画史和画风的研究著作，出版于 1980 年，作者是印度杰出的建筑和艺术史研究家、英迪拉·甘地国家艺术中心的创始董事 Kapila Vatsyayan 女士（1928—）。28 面图版中，只有 18 面是彩色的。何以如此，原书未见交代。本书中作为插图使用的是黑白版，彩色版则选置书前，以示原貌。

CONTENTS | **目录**

## 前　言

## 牧童歌——吉祥胜天所作

# 牧童歌——吉祥胜天所作

MUTONGGE——JIXIANGSHENGTIANSUOZUO

# 第一章　欢喜的腰系带者[①]

"乌云沉沉,布满天空,陀摩罗树使林间变得更加幽暗。[②] 黑夜让他[③]害怕。罗陀啊,赶快把他领回家吧!"罗陀和摩豆族人[④]在阎牟那河畔偷偷地嬉戏够了,听到难陀[⑤]这样催促,便踏着到处是树木和灌丛的路,往回走去。(1.1)

①　黑天幼小时,他的养母耶索达曾将他系在一块沉重的木臼上,而他却拖着木臼跑来跑去。后他拉倒两棵卡住木臼的大树,带子随之崩断,但还有一截留在腰上,他遂得名腰系带者(dāmodara)。
②　陀摩罗树(tamāladruma),树皮黑色,开白花,为热带白花菜科,鱼木属植物。
③　指黑天。
④　原文 mādhava,指黑天。他的世系可以上溯到摩豆王。摩豆的父亲是远古印度月种王朝的早期名王雅度。故黑天有时又称雅度的后裔。
⑤　难陀(nanda)是黑天的养父。大神毗湿奴化身为黑天下凡的首要清除对象便是他的堂舅,逐父篡位的刚舍王。然而,刚舍早已听到预言,说他的堂妹(一说堂侄女)提婆吉第八个儿子将杀死他,故将提婆吉的儿子一一扼杀。但黑天降生后,旋即与牧人难陀的女儿相交换,遂得免死。后难陀将黑天抚养成人。

3

　　诗人胜天是在钵摩婆底<sup>①</sup>足边歌唱的游吟之王，心中保存着善言天女的美妙故事<sup>②</sup>。他把吉祥天女<sup>③</sup>和婆薮提婆之子<sup>④</sup>游玩享乐的故事编织起来，写成了这篇诗作。(1.2)

　　乌玛波底陀罗讲话啰嗦冗长，舍罗那以所说快速难懂而著称，唯有胜天熟悉如何将词语编织得简洁美妙。托寅是诗人之王，以谙熟天启<sup>⑤</sup>而广为人知。至于导师牛增，若论将艳情和更高的善行表达于诗文，则无人能出其右。<sup>⑥</sup>(1.3)

---

　　① 钵摩婆底(padmāvatī)意为"有莲"，为吉祥天女罗奇弥(lakṣmī)的名号。据说她诞生于众神和阿修罗搅乳海时，因手持莲花出现，故名。罗奇弥为毗湿奴之妻。

　　② 善言天女(vāgdevatā)即语言和知识女神娑罗私婆蒂(sarasvatī)，又译辩才天女。传说她也是梵语的创造者。本句的意思是胜天也和善言女神一样善于讲说。

　　③ 这里原文是śrī，意为"幸运""吉祥"，与前注罗奇弥为同一女神。但此处指前面说到的罗陀。印度教毗湿奴派理论家认为，罗陀是吉祥天女的化身。

　　④ 原文 vāsudeva，即黑天，因是婆薮提婆和提婆吉的儿子，故名。

　　⑤ 这里的"天启"(śruti)指吠陀经典。

　　⑥ 本颂提到的乌玛波底陀罗等五人是犀那王朝国王落讫瑟曼那·犀那(1175—1200)宫廷中的所谓"五宝"，即五大诗人。托寅有模仿迦梨陀娑《云使》而作的《风使》(Pavanadūta)。牛增有表达艳情的梵语诗集《阿利耶体诗七百首》(Āryāsaptaśatī)。胜天在这里对他们作了扼要的评论。在他看来，乌玛波底陀罗不够精练，舍罗那难于理解，都是劣等诗人。托寅虽然自称诗王，但也只不过以背诵古典为能事。牛增仅仅善于描写艳情。故后二者也同样称不上优秀诗人。

如果对于诃利①的追忆能够滋润你的心田,而你对调情游戏②也很好奇,那么就来听胜天的讲述吧,听他甜美、亲切而又迷人的诗歌。(1.4)

## 第一歌,用摩罗婆拉格唱出

在世界解体后的汪洋大海中,是你③护持着吠陀,就像一艘从容行驶的坚实大船。啊,美发者! 取形鱼身者! 胜利! 世界之主! 诃利!④ (1.5)

---

① "诃利"(hari)为毗湿奴和黑天最常用的名号之一。其来源据说是动词字根√hr,意为"带走"。经过引申,"诃利"遂有带走邪恶或罪过的意思。另外,该字也有骏马、狮子等义。汉译佛典译诃利为狮子。印度教将它用作名号时,可能也是取其狮子义。它曾在吠陀经典中用来指称火神阿耆尼(agni)、毗湿奴或因陀罗(indra)等;吠陀时代以后,除毗湿奴外,又指阎摩(yama)、梵天(brahmā)、湿婆(śiva)等神。在印度古代史诗和往世书中,除个别例外,都是指毗湿奴和他的化身黑天大神。史诗《摩诃婆罗多》的附录《诃利世系》(Harivaṃśa)讲述的就是与毗湿奴—黑天族属有关的世代传说故事。
② 指下面诗歌里将要讲述的男女表达情爱的内容。
③ 这里的"你"指化为黑天的毗湿奴。在旧世界已经毁灭,新世界尚待诞生的时候,毗湿奴安卧在千头蛇神湿舍(śeṣa)的身上,漂浮于无边的原初之海。一朵莲花自他的脐部生出,上坐四面梵天,而他的妻子吉祥天女则侍坐身旁,为他按摩脚掌。
④ "美发者"等皆为毗湿奴的名号。美发者(keśava)一称来源不很清楚,有说源于黑天生于毗湿奴的一根头发,故事见下面第12颂有关注释;有说源于他曾杀死巨马羯尸(keśin),故事详见下面第二章第11颂有关注释。"取形鱼身者"指他化作长着大角的巨鱼,在洪水来临时拯救众生始祖摩奴的事。其说可见于诸往世书。在较早的《百道梵书》洪水故事中,鱼的身份并无说明。在《摩诃婆罗多·森林篇》中,化身为鱼的则是大神梵天。(见该书精校本汉译第二卷第364页,中国社会科学出版社,2005(转下页)

　　宽广的大地压在你的背上，由于驮负大地而出现的伤疤和凹痕说明了负担何等沉重。啊，美发者！取形乌龟者①！胜利！世界之主！诃利！（1.6）

　　大地附着在你的齿尖上，就像一点污渍粘在明月表面。啊，美发者！取形野猪者②！胜利！世界之主！诃利！（1.7）

　　你的莲花手无与伦比，指甲是奇妙的兽角，将金垫那大黑蜂般的身体撕得粉碎。啊，美发者！取形人狮者③！胜利！世界之主！诃利！（1.8）

　　奇妙的侏儒啊，当你以大步哄骗钵利的时候，从你

---

（接上页）年。下同）此外，《薄伽梵往世书》称，当初梵天熟睡时，阿修罗马颈（hayagrīva）正在身边。马颈偷走了从他口中诵出的吠陀圣诗，然后潜藏海底。为了夺回吠陀，毗湿奴化身为鱼，杀死马颈，将吠陀交还梵天。文中"护持着吠陀"云云，可能与这一神话有关。"美发者"等都是呼词。"啊，"为译者所加，原文没有。

　　① 毗湿奴曾在创世之初化作乌龟驮负大地。更有名的，则是毗湿奴化身乌龟，抓住曼陀罗山，自己充作基座，好让众神与阿修罗拴起绳索，搅动乳海的故事。故事见《摩诃婆罗多·初篇》第16章，载于该书汉译第一卷第59—61页。

　　② 梵天之子摩奴娶妻百相（śatarūpā）后，希望自己和后代有个住处。当时大地还淹没在洪水中，于是毗湿奴化身野猪，从梵天的鼻孔钻出。后野猪变得奇大无比，潜入水底，用巨牙将大地举出。故事见《薄伽梵往世书》Ⅲ.13、15、17、18、19。野猪故事核心早在《夜柔吠陀》中已经形成，称生主（即梵天）曾变作野猪，从汪洋中捞出大地。《百道梵书》中亦有类似故事，主角也是变成野猪的梵天。

　　③ 毗湿奴从水中托出大地时，阿修罗金目前来抢夺，被毗湿奴拿轮宝斩去头颅。金目的兄弟金垫发誓复仇。他修炼严厉的苦行，终于得到梵天的恩惠，做了三界之主，横行无忌。后毗湿奴化身人狮，将他诛杀。

的趾甲上滴下的水净化了众生。啊，美发者！取形侏儒者[①]！胜利！世界之主！诃利！（1.9）

你在刹帝利的血泊中洗清了世上的罪恶，世间的苦痛也随之解除。啊，美发者！取形婆利古之主者[②]！胜利！世界之主！诃利！（1.10）

为遂诸方保护者之愿，你在各方的沙场上精神抖擞地战斗，将十首王的头颅抛向空中。啊，美发者！取形罗摩者[③]！胜利！世界之主！诃利！（1.11）

------

① 钵利王率领阿修罗战胜众神之主因陀罗，在举行一百次马祭后，成为三界之主。毗湿奴化身侏儒童子，待他再次举行马祭时，前往参观。钵利对他优礼有加，除以金罐送上敬客的濯足之水外，还愿以厚礼相赠。毗湿奴请赐三步之地，钵利慨然应允。不料毗湿奴立变巨人，两步已将大地和天空量去。一度被钵利僭有的三界遂又重归因陀罗。下文"趾甲上滴下的水"，或即指钵利敬上的濯足之水。又有说法称，毗湿奴第二步迈到了天上梵天的跟前，梵天便用圣水为他濯洗。后他撤足准备迈出第三步时，水滴向大地，流淌而成恒河。

② 本颂涉及毗湿奴的化身持斧罗摩的故事。婆利古家族（属婆罗门种姓）的仙人食火有一如意神牛，能使人无愿不遂。一次，海诃夜族（属刹帝利种姓）国王作武来访，食火便让神牛为他提供种种他渴望之物，以为款待。不料作武垂涎该牛，将它偷走。食火仙人的儿子持斧罗摩回来得知此事，遂往作武处追索，经过激战，砍掉了作武的千臂和头颅。作武的一万个儿子决意报仇，趁持斧罗摩外出之机闯入食火的净修地，把他杀死。持斧罗摩返回后见母亲呼天抢地，捶胸二十一次，便发誓二十一次走遍大地，荡除所有的刹帝利。后他果真实现誓愿。他在称作普五的地方开凿了五个大湖，湖中荡漾的尽是刹帝利的鲜血。文中的"婆利古之主"即指持斧罗摩。他与刹帝利结怨的故事有多种版本，上述仅为其一。

③ 本颂所说的罗摩是毗湿奴的另一化身。为与其他两位罗摩——持斧罗摩和大力罗摩相区别，又称他为师利罗摩或罗摩旃陀罗。十首王指罗波那。罗波那凭苦行取得梵天好感，梵天许他永远不会被神（转下页）

　　你清净的身上披着亮如彩云的外衣。阎牟那河为了惧怕你用犁来击打而翻腾不已。啊，美发者！取形持犁者①！胜利！世界之主！诃利！（1.12）

　　你心怀慈悲却亲见杀牲，对于这种天启经典规定的祭仪痛加谴责。啊，美发者！取形佛陀者②！胜利！世界之主！诃利！（1.13）

---

　　（接上页）明、龙蛇、夜叉所杀。此后他有恃无恐，恣意横行，挑战诸神，荼毒生灵。毗湿奴应众神之请，化身罗摩，以人类的身份扫除恶患，终于消灭了罗波那。罗摩降魔的曲折故事可见季羡林先生所译《罗摩衍那》。"诸方保护者"一般认为指守护八方的神明，为东方因陀罗（主神）、南方阎摩（死神）、西方伐楼拿（水神）、北方俱毗罗（财神）、东南方阿耆尼（火神）、西南方苏利耶（日神）、东北方苏摩或旃陀罗（月神）、西北方帕伐那或伐由（风神）。

　　①　这里持犁的是大力罗摩，又称力天、力贤等。他是提婆吉的第七子，黑天之兄，皮肤白色。为避免刚舍王的杀害，在提婆吉临盆前，他被用神力移入婆薮提婆的另一个妻子卢醯尼的腹中，而提婆吉则谎称流产。他也是毗湿奴的化身。另有传说称，当毗湿奴被众神要求下凡救世时，他拔下两根头发，一白一黑，让它们分别进入两个雅度族妇女卢醯尼和提婆吉的身体，尔后白皮肤的七子大力罗摩和黑皮肤的八子黑天出生。有神话说，大力罗摩喝了伐楼拿妻子的酒后大醉。他喝令阎牟那河过来，让他沐浴。阎牟那河未从，他遂将犁铧抛进河水，拉着它四处漫游，最后逼使河神求饶。另说大力罗摩为了灌溉之利曾经开凿阎牟那河引水，故令这位河神害怕。

　　②　在印度教神话中，佛陀也是毗湿奴的化身之一。有故事说，众阿修罗由于崇奉吠陀经典，恪守种姓职责而逐渐强大，战胜了众神。为了帮助众神，毗湿奴从自己的身体里放出一个秃头裸身的人来，让他混入阿修罗群，宣扬涅槃之道，使他们放弃吠陀，背离正轨，堕入邪路。阿修罗由此衰落下去，终于因失去信仰铠甲的保护而被天神打败。作为恶的代表，这一佛陀化身的设计，有别于所有赞颂型的化身形象。这种出于攻击异端的需要而丑化别教教主——一位千年不一出的伟人的做法，在近世受到了严厉批评。

为了消灭众蔑戾车，你挥舞利剑，犹如可怕的彗星。啊，美发者！取形迦尔吉者①！胜利！世界之主！诃利！（1.14）

请聆听诗人吉祥胜天这精彩的叙述吧！它是世上一切的精华，能给人带来幸福和欢乐。啊，美发者！采取十种形象者②！胜利！世界之主！诃利！③（1.15）

是你护持了吠陀圣典，驮负着世界，举起了大地，粉碎了提迷④，哄骗了钵利，消灭了刹帝利，打败了布罗私提耶的后代⑤，携带着犁，普遍传播慈悲，并击溃了蔑戾车蛮人。⑥

----

　① 迦尔吉（kalki）是毗湿奴的第十个，也即最后一个化身，但尚未出现。当道德普遍堕落，败象无处不在，所谓"迦利时代"就要结束时，他便会身驾白驹，手持利剑，以最高惩戒者的身份出现在世上。他将会把堕落者和掠夺者统统消灭，重新建立一个圆满的社会。在古代印度，彗星出现为不吉之兆，在这里则预示着末世的毁灭。蔑戾车（mleccha），梵语意为"外国人"，引申而为"蛮人""恶人"，即风习与印度教制度不同的非雅利安部落民。印度古代神话称其祖先生自邪恶的国王吠那（veṇa）的左胁。这里提到他们，是把他们当作导致社会堕落的邪恶人类的代表。
　② 指前面所说的毗湿奴采取十种化身。应注意这里的十种化身与各印度教经典所说的并不完全一致。这里多了大力罗摩，而少了黑天。本诗主角为黑天，故有所替换，是我们可以想到的原因。这似乎也有利于建立黑天在毗湿奴信仰中特殊的神圣地位。
　③ 诗人在此吁求黑天的认可，从而使自己的诗歌获得神圣地位。
　④ 金垫是迦叶波和底之子，故又依母系而称提迷。
　⑤ 即罗波那。依照印度古代传说，布罗私提耶是"生主"，也即梵天的所谓"心生子"之一，生自他的耳朵。布罗私提耶有儿子毗湿罗婆私。后者娶罗刹女迦依伽悉，生罗波那。
　⑥ 这里简要提及了毗湿奴诸化身的各种行迹。下面的黑天也指毗湿奴。黑天崇拜的发展使得他的名字和毗湿奴的名字在印度教经典中经常混用。

你曾经化作十种形象,向你致敬,黑天!(1.16)

## 第二歌,用固罗迦利拉格唱出

你戴着耳环和美丽的山野花环,倚靠在莲花女<sup>①</sup>滚圆的胸乳上。啊,胜利!胜利之神!诃利!(1.17)

太阳那宝石般的光环装饰着你。你摆脱了现世存在的枷锁,是圣贤心中的天鹅。<sup>②</sup>啊,胜利!胜利之神!诃利!(1.18)

你战胜了身藏剧毒的蟒蛇迦利耶,使人们欢欣鼓舞。<sup>③</sup>你之于雅度族,犹如太阳之于白昼开放的莲花。啊,胜利!胜利之神!诃利!(1.19)

你消灭了摩图、穆罗和那罗迦。<sup>④</sup>你以金翅鸟为坐

---

① 即毗湿奴的妻子吉祥天女。她常常立于莲座之上,手持待放的莲花,因与莲花关系密切,故有莲花女的称号。

② 这里把黑天比作喜马拉雅山间圣湖上自由游荡的天鹅。梵语天鹅又可喻指灵魂、宇宙灵魂或者最高精神。圣贤内心之湖上的天鹅有帮助圣贤脱离世间轮回的作用。

③ 迦利耶(kāliya)是一条五头蛇王,和他的部众住在阎牟那河的深水之中。他能够喷烟吐火,使周围的田地尽成焦土。一次少年黑天到阎牟那河沐浴,被众蛇所缠。在大力罗摩的提醒下,他运神力制服蛇众,并足踏迦利耶的中间蛇头,迫使他带领自己的部众远遁大海。看下文可知,这里的"人们"指雅度族人。

④ 摩图(madhu)为一阿修罗,他和另一阿修罗盖达跋同生于毗湿奴的耳垢,后因崇拜女神提毗而得到她的恩惠:除非自愿,可以不死。他俩从此胆大妄为,竟至从梵天那里偷走吠陀。毗湿奴应梵天之请,前去讨伐二阿修罗。后者轮流作战,使他疲惫不堪,无法取胜。(转下页)

骑。① 你给众神带来欢乐。啊,胜利! 胜利之神! 诃利!（1.20）

你的眼睛闪耀着光芒,像莲花瓣。你把人们从现世的存在中解放出来。你为众生护持着三界居住之地。② 啊,胜利! 胜利之神! 诃利!（1.21）

你以遮那竭的女儿为装饰,杀死了突舍那,并且在战斗中消灭了那有十个颈项者。③ 啊,胜利! 胜利之神! 诃利!（1.22）

你年轻英俊,有如雨前之云。你紧紧抓住曼陀罗

---

(接上页)后毗湿奴施计,提出愿给二者恩惠,而摩图和盖达跋自恃强大,反倒愿出恩惠。毗湿奴遂要求取得他们的性命,终于将他们诛杀,并得到"诛摩图者"(madhusūdana)的称号。史诗《摩诃婆罗多·和平篇》另有说法,称二阿修罗生于毗湿奴创造的两滴水。情节详见该篇第三三五章。那罗迦(naraka)亦为一个阿修罗。他曾给三界带来严重骚扰,并偷走了神母阿提底的耳环和因陀罗的白色华盖。因陀罗到多门城向黑天诉苦。黑天遂前往那罗迦所在的首都东光城,经过一场残酷的厮杀,将他击毙,夺回二物,各付原主。穆罗(mura)也是一阿修罗。他是那罗迦的盟友,有七千子。为帮助那罗迦守城,他在城周布置了重重陷阱和刀剑利刃,但被黑天(也即毗湿奴)用轮宝"妙见"通通粉碎。七千子如飞蛾般被黑天放火烧死,穆罗亦死于轮宝之下。

① 金翅鸟(garuḍa)为一人面鹰喙,高速飞行的神鸟,由于翅翮金色而得名金翅鸟。它是众鸟之王,众蛇之敌。

② 在印度教三大神中,梵天司创生,湿婆司毁灭,而毗湿奴则专司维持宇宙存续,保护一切存在,故称作护持之神。

③ 这里讲的是毗湿奴的化身罗摩(前面提到过的师利罗摩)的事功。他拉断弥提罗王遮那竭的神弓,娶了他的女儿悉多。"有十个颈项者"指十首魔王罗波那。突舍那是罗波那军队中的一员猛将,在战斗中被罗摩用箭射掉双臂而死。故事见《罗摩衍那·森林篇》第25章。

山。① 你像是遮古罗，注视着吉祥天女月亮般的面庞。②
啊，胜利！胜利之神！诃利！（1.23）

诗人吉祥胜天创作出这首非凡的诗歌，愿它能给人们带来愉快和幸福。啊，胜利！胜利之神！诃利！（1.24）

诛摩图者倚在莲色身③的怀抱里，靠在她凸出的胸乳间，他的胸膛出现了藏红花色的印记，就像泛起了明显的红晕。由无形体者④引起的骚动也使他汗如雨下。愿这胸膛能给你们带来快乐。（1.25）

春天到了，罗陀游荡在大森林里，寻遍黑天常去的各个地方。她的肢体娇嫩，犹如春季的鲜花，而爱神唤起的热情则让她心绪烦乱。一个女伴对陷入苦恼的罗陀热情地唱起浪漫的歌：（1.26）

---

① 这里指的是毗湿奴化身乌龟的故事。

② 这里借遮古罗（cakora）来形容黑天的眼睛。遮古罗是一种山鹑。据说这种鸟以啜饮月亮的清光为生。梵语诗歌中常用它来形容人的眼睛——盯视着颜面如月的美人的眼睛。

③ 吉祥天女的名号。这里的"诛摩图者"和"莲色身"分别指现实中的黑天和罗陀。

④ 原文 anaṅga，即爱神迦摩（kāma）。他是一携带弓箭的少年，拿箭射人，使之产生爱情。他的弓由甘蔗做成，弓弦是一串蜜蜂，而箭镞则是花朵。一次，因陀罗派迦摩前去燃起大神湿婆对雪山神女的爱情。正在入定的湿婆对他的骚扰非常愤怒，遂睁开第三只眼，将他烧成灰烬，他因此而得名"无形体者"。类似故事多有不同版本，这里所述只是其一。

## 第三歌,用伐散陀拉格唱出

来自摩罗耶山①的和风轻拂着摇曳的丁香树枝。林间小舍周围飞舞着成群的蜜蜂,布谷鸟也在不停地鸣唱。在这迷人的春天,诃利出来散心,还同年轻的女人们一起跳舞。朋友啊,这正是失恋者的伤怀时刻。(1.27)

由于爱欲涌动,旅人家中的怀春少妇正在悲伤。蜂群飞舞于繁花之间,而含羞草丛里却阒然无声。②在这迷人的春天,诃利出来散心,还同年轻的女人们一起跳舞。朋友啊,这正是失恋者的伤怀时刻。(1.28)

陀摩罗树林中初绽的花蕾散发着浓郁的麝香气味;凤凰木③的嫩芽就像爱神那闪亮的指甲,撕扯着年轻人的心。在这迷人的春天,诃利出来散心,还同年轻的女人们一起跳舞。朋友啊,这正是失恋者的伤怀时刻。(1.29)

群花绽放,根根花蕊就像爱情之王金光闪闪的权杖④;

---

① 摩罗耶山(malaya)即印度西部马拉巴尔海沿岸的西高止山,山中多檀香树。

② 传说含羞草溅上年轻女子的口唾便会开花。此时怨妇伤春,不愿来游,故草边冷落。繁花和含羞草周围的不同景象无疑也隐喻着欢聚和别离的不同境况。

③ 凤凰木红色的花朵非常美丽,故经常入诗。

④ 王者手中握有权杖,而爱情之王,也即爱神,手中有的则是箭杆。这里权杖喻指箭杆。

而吸引着蜂群的喇叭花,又宛如爱神的箭囊。在这迷人的春天,诃利出来散心,还同年轻的女人们一起跳舞。朋友啊,这正是失恋者的伤怀时刻。(1.30)

看到人们摆脱了羞怯拘谨之态①,娇嫩的迦卢那花②绽开了笑容。不过,在长满盖陀伽树③的地方,树叶会刺伤遭弃的情人,有如尖利的矛枪。在这迷人的春天,诃利出来散心,还同年轻的女人们一起跳舞。朋友啊,这正是失恋者的伤怀时刻。(1.31)

春藤芬芳迷人,双茉莉也散发着馥郁的香气。这一切让人联想到青春,连隐修人也不免心旌摇曳。在这迷人的春天,诃利出来散心,还同年轻的女人们一起跳舞。朋友啊,这正是失恋者的伤怀时刻。(1.32)

阿底穆迦陀的蔓藤颤颤悠悠缠上繁花盛开的杧果树,让它欣喜欲狂。④ 阎牟那河蜿蜒流过,河水清洗着岸边那片称作弗临陀瓦那的树林。⑤ 在这迷人的春天,

---

① 指男女大胆表达情爱。
② 迦卢那为一种柑橘属果树。
③ 盖陀迦为生长在热带的露兜树属乔木,叶片狭长,有长尾尖,叶面亦有锐刺,故被比作矛枪。
④ 阿底穆迦陀(atimukta)为一种藤科植物,常用它缠绕杧果树来象征男女之爱。印度古谚:"女人、诗歌和蔓藤,没有依托,都无法显扬自我。"
⑤ 罗陀又名弗临陀(vṛndā),故弗临陀瓦那(vṛndāvana)的意思就是"罗陀的树林"。它在阎牟那河(今称亚穆纳河)左岸,马土腊城附近,是黑天年轻时同牧童牧女们一起放牧和嬉戏游乐的地方。

诃利出来散心,还同年轻的女人们一起跳舞。朋友啊,这正是失恋者的伤怀时刻。(1.33)

吉祥胜天的唱诵让人想起诃利的情事。男欢女爱的浓情蜜意,把春日清新的树林点染得色彩斑斓。在这迷人的春天,诃利出来散心,还同年轻的女人们一起跳舞。朋友啊,这正是失恋者的伤怀时刻。(1.34)

初绽的茉莉舞动着枝叶,将花粉抖落,在树林里撒播着香粉。吹拂着盖陀伽树香气的和风①有如携奇数箭者②的呼吸,折磨着所有人的心。(1.35)

开放的蓓蕾引来追寻甜味的蜜蜂,它们晃动着杧果树的嫩枝。正在游戏的布谷鸟发出动听的叫声,使人入耳生情。旅行在外的人只好凭借冥想,对于床笫之欢求得片刻体味,从而获得生命气息,打发时日。(1.36)

此时穆罗之敌正在众女子的簇拥之下,兴致勃勃,陶醉在销魂的游戏之中,浑身颤栗。罗提迦的女友就在近旁,见此情景,便对她说道:③(1.37)

---

① 这里的风直译为"携香而行者",所以应是香风。

② 原文 asamabāṇa,指爱神。爱神常身携五箭,故名。五箭的箭镞分别用不同的花做成:日莲花、无忧树花、杧果花、茉莉花和蓝莲花。它们在中箭者身上造成的反应亦不同,分别是:狂热、强烈、衰退、消歇和迷恋。

③ 穆罗之敌(murāri)指黑天。罗提迦(rādhikā)是罗陀的昵称。

## 第四歌，用罗摩迦利拉格唱出

他黑色的身体涂满了檀香，穿着黄色的衣服，戴着野花编制的花环。宝石耳坠晃动跳跃，装饰着他盈满笑意的双腮。迷人的少妇们嬉戏调笑，诃利就在她们中间，纵情欢乐。（1.38）

一个牧女热情地拥抱诃利，她的胸乳丰满壮实，口中哼唱着，用的是响亮的第五拉格①。迷人的少妇们嬉戏调笑，诃利就在她们中间，纵情欢乐。（1.39）

另一个情窦初开的女子强烈地恋念着诛摩图者莲花般的面庞。他那活泼调皮的眼神左顾右盼，直勾得她春心荡漾。迷人的少妇们嬉戏调笑，诃利就在她们中间，纵情欢乐。（1.40）

还有一个漂亮的美臀女，凑到他的耳边说了些什么爱慕的话，并趁势在他的面颊上亲了一口，好不欢喜。迷人的少妇们嬉戏调笑，诃利就在她们中间，纵情欢乐。（1.41）

又有一个女子急于尝试他玩耍调情的技巧，用手紧拉他的杜固罗衣②，向着阁牟那河畔美丽的苇丛跑去。

---

① 第五拉格以表达艳情为特色，特别适于表现青年男女在林中嬉戏调笑的欢乐之情。

② 杜固罗（dukūla）为一种植物，种属不详。用其树干内皮制出的衣料非常精细，做成的衣服也称杜固罗。

迷人的少妇们嬉戏调笑，诃利就在她们中间，纵情欢乐。
（1.42）

在戏谑热闹的气氛里，一个年轻的女子陶醉于群舞之中。她手掌的拍击声、手镯的玎玲声，同柔和的笛声互相应和①，使得诃利赞不绝口。迷人的少妇们嬉戏调笑，诃利就在她们中间，纵情欢乐。（1.43）

他拥抱着一个牧女，亲吻着一个牧女，还与另一个黑皮肤的牧女互相调情。他眼瞅着一个面容可爱、笑脸相迎的牧女，同时学着另一个牧女羞怯的样子。迷人的少妇们嬉戏调笑，诃利就在她们中间，纵情欢乐。（1.44）

美发者在那片称作弗临陀瓦那的树林里嬉戏游玩的秘闻美妙绝伦，它就在诗人吉祥胜天唱诵的故事之中。让那著名的场面把欢乐带向四方吧！迷人的少妇们嬉戏调笑，诃利就在她们中间，纵情欢乐。（1.45）

那众爱所归者能够给人带来欢乐②。这黑色皮肤，肢体柔软有如蓝莲花的人正在召集爱神的欢会。弗栗阁③

---

① 笛声是黑天吹出的。黑天的手中常有一支竹笛。他也以笛声迷人著称。
② 尤其指感官的、肉体的享乐。
③ 弗栗阁（vraja）是黑天养父住家所在的地方，黑天青少年时期在这里生活，其位置约在今马土腊至阿格拉一带。

的牧女们将他尽情拥抱，身体紧贴着身体。朋友①啊，在这个春日里，年轻的诃利玩乐戏耍，几乎成了情爱的化身。(1.46)

今天，风从檀香山向众山之主②吹去，好像久居蛇腹，不堪煎熬，一心要从它的口中逃出，钻入积雪之中。③看到杜果树柔软的枝头上嫩芽吐露，杜鹃也乐不可支，鸣叫起来——布谷、布谷，声音悦耳，十分响亮。(1.47)

以上是吉祥的《牧童歌》的第一章，称作"欢喜的腰系带者"。

---

① 指罗陀。

② 檀香山(śrīkhaṇḍaśaila)也称大地驮负者(pṛthvīdhara)，即今西高止山。众山之主(īśācala)指喜马拉雅山。

③ 意思是山风为蟒蛇所吞，在它的腹中受不住热力的煎熬，便从它的口中逃出。钻入积雪是为了求得凉爽。

# 第二章 不知忧苦的美发者

　　诃利在树林中寻欢,对谁都甜甜蜜蜜,罗陀失去了独享的地位。见此情景,她心怀嫉妒,离群而去。然而,无论在哪个长满蔓藤的灌丛里,都有蜜蜂在丛顶上嗡嗡喧闹,兜着圈子,倒使她愈显孤独。于是她情绪沮丧,向友伴吐露出自己的心声:(2.1)

## 第五歌,用固罗迦利拉格唱出

　　甜蜜的甘露同迷人的笛声一起从他的口唇间流泻而出,眸子在他的眼眶里来回闪动。随着头的摇晃,耳上的珠串也在腮边跳跃。我心中想起诃利在舞会上嬉耍的情景,还有他的谐趣幽默。(2.2)

　　头发周围绕着日晕般的孔雀翎毛,毛上的羽眼十分可爱。他就像一片乌云,周围装饰着道道彩虹。我

心中想起诃利在舞会上嬉耍的情景,还有他的谐趣幽默。(2.3)

这牧童和那么多的美臀女唇吻相接,欲火炽燃。他的嘴边闪动着灿烂的微笑,甜蜜的口唇犹如班度吉婆①初开的蓓蕾。我心中想起诃利在舞会上嬉耍的情景,还有他的谐趣幽默。(2.4)

他粗壮的胳臂像枝条一般搂着成千个年轻的牧女,臂上的汗毛由于兴奋而纷纷竖起。各种宝石缀满他的胸和手脚,光芒四射,足以刺破暗夜。我心中想起诃利在舞会上嬉耍的情景,还有他的谐趣幽默。(2.5)

他额头上的檀香痣比穿透浓云的月亮还要耀眼。他的胸口像门扇一样,无情地揉搓着牧女们坚实而又鼓胀滚圆的乳房。我心中想起诃利在舞会上嬉耍的情景,还有他的谐趣幽默。(2.6)

他的耳饰缀满夺目的宝石,做成摩迦罗②的样子,垂在高贵的面颊两旁。他那黄色衣服的后摆,很像由圣者、人、神和阿修罗组成的一班漂亮随从,跟在身后。我心中想起诃利在舞会上嬉耍的情景,还有他的谐趣幽默。(2.7)

---

① 一种热带树,通常午间开花,翌晨日出时凋谢。花色艳红。

② 原文 makara,海中巨兽名,有的说是鲨鱼,有的说是鳄鱼。取形摩迦罗的饰物,是爱神的象征。

就在美丽的迦丹波①树下,他来会面,我那种陷于迦利浊世②的恐惧顿时消失。他那爱神一样的眼睛波光流转,使我的心中充满欢喜。我心中想起诃利在舞会上嬉耍的情景,还有他的谐趣幽默。(2.8)

吉祥胜天的唱诵,展示了摩图之敌③英俊迷人的形象。诃利的行迹也非常适合高尚的人士记忆回味。我心中想起诃利在舞会上嬉耍的情景,还有他的谐趣幽默。(2.9)

我的心只在意他的众多美德,而不会由于糊涂而陷入愤怒。它只感到满足,而将他的过失抛在脑后。即使在黑天把我甩在一边,贪心不足,扎进别的年轻女人堆里兀自欢乐的时候,我的心还是渴盼着他。不这样,我还能怎样呢?(2.10)

## 第六歌,用摩罗婆拉格唱出

趁着黑夜,我来到他的秘密藏身之地,那是人迹罕至丛林深处的一间小屋。我正用惊恐的眼光四处找他,

---

① 迦丹波是一种开橙色花的树木,花有香气。
② 迦利(kali)时代又称争斗时,长四十三万两千年,是印度教理论中的所谓四个“时”中最短、最为腐朽堕落的时代,此时社会黑暗,罪犯横行,人们生活在痛苦和恐惧之中。
③ madhuripu,指毗湿奴,也即黑天。

他却笑了起来,笑中带着急于求欢的意味。哎,朋友啊,爱情的冲动占据着我。让那羯尸的折磨者<sup>①</sup>来同我一起纵情欢乐吧,他高贵典雅,却变了心!(2.11)<sup>②</sup>

初次相会使我羞怯难当。他用巧妙的言辞百般哄我,使我顺从他意,随后便褪去了我臀部的杜固罗衣。我也一边微笑,一边对他说着缠绵甜蜜的话。哎,朋友啊,爱情的冲动占据着我。让那羯尸的折磨者来同我一起纵情欢乐吧,他高贵典雅,却变了心!(2.12)

我的身下是嫩芽铺就的眠床,而他则长久地休憩在我的胸脯上。我拥抱他,亲吻他。他也紧紧地抱着我,吮吸我的双唇。哎,朋友啊,爱情的冲动占据着我。让那羯尸的折磨者来同我一起纵情欢乐吧,他高贵典雅,却变了心!(2.13)

我瘫软无力,闭上双眼。他腮边的肌肉由于快乐而不住地抽动。我浑身汗水冒个不停。他沉浸在极度的欢爱之中,身体使劲地摇来晃去。哎,朋友啊,爱情的冲动占据着我。让那羯尸的折磨者来同我一起纵情欢乐

---

① 即黑天。巨马羯尸(keśi)有踏破大地,吞噬天空的力量。它受刚舍的派遣前去杀害幼年黑天。黑天将左臂伸入它的巨口并不断膨胀,致使羯尸牙齿脱落,窒息而死,他也因此而获得"羯尸的折磨者"(keśimathana)这一名号。

② 自本颂至下面第 18 颂为罗陀在孤独境遇中对于欢乐往事的回忆,而每颂的重复部分则是她在无助状态中对于女友的吁求。

吧,他高贵典雅,却变了心!(2.14)

我哼着叫着,低声细气,像一只布谷鸟。他精通爱的诀要,知道先行后行。我的头发松散,如同凌乱的花朵。他将他的指甲印深深地留在我的双乳上。哎,朋友啊,爱情的冲动占据着我。让那羯尸的折磨者来同我一起纵情欢乐吧,他高贵典雅,却变了心!(2.15)

宝石脚镯在我的足踝间打玲作响。情爱的快意达到高潮,充满他的全身。我的衣带滑落下来,发出一阵声响。他揪住我的头发,给我一阵狂吻。哎,朋友啊,爱情的冲动占据着我。让那羯尸的折磨者来同我一起纵情欢乐吧,他高贵典雅,却变了心!(2.16)

男女欢会,快活幸福的滋味让我变得慵懒乏力。他莲眼微睁,犹如初开的蓓蕾。我软瘫倒下,就像柔弱的枝条,而诛摩图者的爱意还在不断高涨。哎,朋友啊,爱情的冲动占据着我。让那羯尸的折磨者来同我一起纵情欢乐吧,他高贵典雅,却变了心!(2.17)

吉祥胜天将摩图之敌那无比销魂的云雨之欢描绘得淋漓尽致。① 让相思牧女②的故事把她在爱情游戏中

---

① 有学者认为,这里如果真正进行深入描写,将会过于露骨,故用了一语带过的省略手法。
② 指罗陀自己。

享受的幸福传播开去。哎,朋友啊,爱情的冲动占据着我。让那羯尸的折磨者来同我一起纵情欢乐吧,他高贵典雅,却变了心!(2.18)

在树林里,我看到了乔宾陀①,围着他的尽是些弗栗阁牧女。他也从眼角瞟见了牧女弗临陀,她蛾眉弯曲,有如卷藤。于是勾人神魂的竹笛从他的手中滑落,汗水涔涔,流下他的面颊,略显迷惑的脸上泛出了自在而又迷人的微笑。他盯着我,我激动得毛发倒竖。(2.19)

无忧树的新枝上挂满细小的花串,它们光彩耀眼,在湖畔林间吹来的和风中,摇来摆去。杧果树的蓓蕾也绽放开来,形成座座花山。大黑蜂飞来飞去,高兴地嗡嗡叫着。可是,朋友啊,这一切并不让我开心。(2.20)

以上是吉祥的《牧童歌》的第二章,称作"不知忧苦的美发者"。

---

① 乔宾陀(govinda)意为"牧牛人",是黑天的名号之一。黑天在胜天此诗中为一少年,故 govinda 在诗题中依传统译作"牧童"。

图一 天黑了，黑天和罗陀还在林间互相拥抱，嬉戏游玩。黑天背后显现出红色圣光。陪伴他们的还有两头母牛。（1.1）上部为置于爱中的毗湿奴十化身像，而面首他们前在他们前面首先出现的迦纳什（ganeśa），是象头神迦纳什（ganeśa）。迦纳什是智慧的象征，也是善于排除障碍者，所以人们在做事，如著书之前，常会祈求他的帮助，好使事情顺遂成功。其后的十化身依次为：四臂神龟，四臂神龟，诛杀金垫的四臂兽人狮，持斧罗摩，头戴王冠王冠手持弓箭的侏儒，野猪，佛陀，野摩，以吹笛牧童（venugopāla）形象出现的黑天，以白驹形象代表的迦尔吉。在全诗第一章中，诗人对于以各种化身示现的大神毗湿奴（也即黑天）作了热情的赞颂。（1.5—1.16）

图二　在左图中出现的，是翩翩起舞的黑天和一个希望与他共舞的牧女。"在这迷人的春天，河利出来散心，还同年轻的女人们一起跳舞。朋友啊，这正是失恋者的伤怀时刻。"（1.27）"他黑色的身体涂满了檀香，穿着黄色的衣服，戴着野花编制的花环。宝石耳坠晃动跳跃，装饰着他盈满笑意的双颊。"（1.38）走上前来的牧女双手前伸，披巾飘舞，内心充满欢乐，渴求和放纵。中间独舞者的舞姿轻盈而富有弹性。她身着短衣短裙，为的是跳舞方便。右图的男子敲击着摩哩登伽鼓（mṛdaṅga）——一种挂在胸前，可以边行边敲的双面鼓，女子舒展双臂，随着鼓点轻盈起舞。

# 牧童歌

图三　左边图中的牧女正在向黑天头上洒水,似乎是在庆祝洒红节。该节在印度阴历十二月(跨公历2月,3月)望日举行,意在庆祝冬日结束,春天到来,为全民嬉戏欢乐的重大节日。中图所绘,为黑天和牧女林间欢会场景。此时,"他黑色的身体涂满丁檀香,穿着黄色的衣服,戴着野花编制的花环。宝石耳坠晃动跳跃,装饰着他盈满笑意的双腮。迷人的少妇们嬉戏调笑,诃利就在她们中间,纵情欢乐。……"(1.38—1.46)出现在右图的是吹笛的黑天。黑天的手中常有一支竹笛,他也以笛声迷人著称。此刻他似乎漂浮在阎牟那河上,"甜蜜的甘露从他的口唇间流泻而出,眸子在他的眼眶里来回闪动。随着笛声的摇晃,耳上的珠串也在腮边舞动。(2.2)他的笛子也是青年人唱歌跳舞时必不可少的伴奏乐器。"在戏谑热闹的气氛里,一个年轻的女子陶醉于群舞之中。她手掌的拍击声,手镯的打玲声,同柔和的笛声相应和,使得诃利(即黑天)赞不绝口。……"(1.43)然而,众人的欢乐给罗陀带来的却是烦恼。

27

图四 看着黑天与众牧女嬉戏调笑，纵情欢乐，罗陀的妒意油然而生。她由于遭到冷落而深陷烦恼。"诃利在树林中寻欢，对准都甜甜蜜蜜，罗陀失去了独享的地位。见此情景，她心怀嫉妒，倒着圈子，都有蜜蜂在丛顶上嗡嗡喧闹，兜着圈子，倒使她愈显孤独。……"（2.1）黯然离去的罗陀情绪低落，心中充满悲伤，总妒，沮丧和绝望。她向一只恰好飞来的鹦鹉诉说自己的苦闷，历数她头脑中那些让她备受折磨的热闹场面。难以忍受的是"我心中想起诃利在舞会上嬉耍时的情景，还有他的谐趣幽默。"（2.4—2.6）她与黑天初次相会的甜蜜回忆反过来咬啮着他的心，使她陷入更深的忧苦。（2.11—2.17）发现罗陀已经消失不见，黑天同样变得失魂落魄。"刚舍之故（即黑天）放弃了弗栗南牧女们，心中只管思念罗陀，那将人锁在轮回命途的绳索顿告松弛。"（3.1）在孤寂中，他向一只树上的鹦鹉倾吐自己的悲痛和悔恨，而对于眼前美丽的孔雀却视而不见。

# 第三章　慌乱无措的诛摩图者

　　刚舍之敌[①]放弃了弗栗阇牧女们，心中只管思念罗陀，那将人锁在轮回命途的绳索桎梏[②]。(3.1)[③]

　　摩豆族人到处寻找罗提迦，去了这里，又到那里。爱神的箭射伤了他，此时他已心力交瘁。就这样，在迦林陀之女旁边的树丛中[④]，他陷入悔恨，意气沮丧：(3.2)

――――――――――――

　　① 原文 kaṃsāri，指黑天。刚舍是黑天的堂舅，曾经逐父篡位，而毗湿奴化身黑天降世的首要任务就是将他清除，故黑天又有"刚舍之敌"的名号。

　　② 印度教徒以摆脱轮回，求得解脱为人生的终极目的。然而，诗中罗陀作为世间尤物迷住黑天，使其唯情色是求，留恋现世生活，情愿陷入轮回而不思得道解脱，故被视为桎梏。

　　③ 前一章描述罗陀对黑天的思恋，这一章则专写黑天对罗陀的想念。

　　④ 迦林陀，山名，为阎牟那河的发源地。"迦林陀之女"(kalindanandinī)即阎牟那河。她的旁边即指河岸。

## 第七歌,用固罗迦利拉格唱出

她看见我被那么多女人包围着,便走开了。我有着负罪的感觉,因为心中害怕,便没敢拦她。诃利啊诃利,全怪你冷落她,她生气,她走了。(3.3)

这么久了,遭到遗弃,她将会怎样待我? 她又会说些什么? 财富、族人、家宅和生命,此刻这些,还有何用? 诃利啊诃利,全怪你冷落她,她生气,她走了。(3.4)

我想象着她那充满怒气的面庞和她弯曲的蛾眉,一定会像红色的莲花,上面盘旋着蜜蜂。诃利啊诃利,全怪你冷落她,她生气,她走了。(3.5)

无论日夜,我都可以在自己的心中尽情享受同她的欢会。那么,为什么我还要在树林里到处找她? 为什么我还要徒然悲伤? 诃利啊诃利,全怪你冷落她,她生气,她走了。(3.6)

娇柔的女人啊,我想,你的心一定是由于恼怒而抑郁消沉。我不知道你去了哪里,所以也无法安慰你。诃利啊诃利,全怪你冷落她,她生气,她走了。(3.7)

你被我看到了。你来到我的面前,旋即又没了踪

影。为什么你不热烈地拥抱我,像当初那样?<sup>①</sup> 诃利啊诃利,全怪你冷落她,她生气,她走了。(3.8)

原谅我吧! 以后无论何时,我再不这样待你。让我见到你吧,美丽的女子,爱神正在折磨我! 诃利啊诃利,全怪你冷落她,她生气,她走了。(3.9)

诃利的境遇在胜天手中获得了生动的描绘。胜天是紧度毗罗瓦海上升起的卢醯尼之夫。<sup>②</sup> 诃利啊诃利,全怪你冷落她,她生气,她走了。(3.10)

戴在我胸前的是莲花,不是蛇做的饰链。围在我颈上的是蓝莲花瓣做成的花环,不是毒药之光。涂在我这失恋之人身上的是檀香末,而不是火食之余<sup>③</sup>。爱神啊,请不要把我错当"毁灭者"来打击。你为什么要怒不可遏冲我来呢?<sup>④</sup>(3.11)

---

① 结合前面第 6 颂看,本颂讲的似乎是黑天的幻觉,是他在自言自语。类似的表达方式常可见于印度古代文学作品,如《罗摩衍那·森林篇》中悉多被劫后罗摩的呼唤就是一例。

② 据印度古代神话,仙人陀刹将他的二十七个女儿嫁给了月神,其中最受月神宠爱的是卢醯尼(rohinī)。卢醯尼之夫当指月亮。海上之月云云是胜天的自喻。一般认为这里点出了胜天的故乡是紧度毗罗瓦。

③ 指炭灰。

④ "毁灭者"为湿婆名号。湿婆的形象是身涂白灰,颈间盘绕着一条毒蛇。湿婆曾将爱神烧成灰烬,故爱神对他愤怒有加。"毒药之光"当指他青色的脖颈,有关典故为:当初众神和阿修罗为求甘露而搅乳海,搅出了足以毁灭世界的毒药迦罗拘吒(kālakūta)。湿婆为了救世而将毒药吞下。其妻雪山神女掐住他的喉咙,以阻止毒药下行。毗湿奴堵住他的嘴,以避免毒药外泄。结果,留在喉间的毒药将湿婆的脖颈烧成了青色。

请不要再摆弄你手中那杜果花箭,也别把它搭到弓上!在爱情的游戏中你无往不胜。不过,和一个软弱无力的人玩赌戏可不是好汉。那鹿眼女的目光饱含爱意,斜视的眼神秋波流转,刺得我遍体鳞伤,犹如利箭。如今我的心已经毫无生趣。(3.12)

你的眉毛是弯弓,搭着眼神做成的利箭,专门伤人要害。你那天生浓密的黑色发辫弯弯曲曲,足以将人抽打至死。娇柔的女人啊,你那动人的双唇红得像频婆果①,总是让人心旌摇曳。还有你那形状完美的圆乳,又曾经怎样同我的感官②相嬉戏?(3.13)

莲口中的袭人香气,接受抚摸的舒适反应,双眸游移透露的脉脉温情,频婆果一般甜蜜的双唇,琼浆般流泻却又支吾含混的话语——即使这些不在眼前,我的心还是沉浸在幸福的时刻之中。哎,分离的病苦怎么越来越深?(3.14)

用爱神来比,她③嫩枝般的眉毛就是强弓,耳轮便是弓弦,而眼眶里往来跳动的亮眸则是利箭。这常胜爱

---

① 频婆果,佛典汉译相思果,为一种葫芦科植物,果实呈椭圆形,红色,常用来形容美貌女子的口唇。
② 这里的“感官”用复数,指眼、耳、口、鼻等。下面一颂同样涉及感官,举出的例子也正好同印度宗教理论中的所谓“五根”分别相关。
③ 指罗陀。

神的现世化身①,她的身上为何藏着这么多征服世界的兵器?(3.15)

　　以上是吉祥的《牧童歌》的第三章,称作"慌乱无措的诛摩图者"。

---

　　①　也指罗陀。

# 第四章　表现温和的诛摩图者

在阎牟那河畔的芦苇丛中,摩豆族人休息下来。他心情抑郁,在爱情的重压下不知所措。这时罗提迦的女友找上前来,对他说道:(4.1)

## 第八歌,用迦罗那陀拉格唱出

她①有气无力,头脑昏乱,便指责起檀香和月光来。② 她自觉遇到了蛇洞,把摩罗耶山的和风当成了逸出的毒气。遭到你的遗弃,她可怜巴巴。摩豆族人啊,像是惧怕爱情之箭,她在幻想中偎依着你。(4.2)

爱神的利箭纷纷落下。为了保护你,她用带露的莲瓣做成宽宽的锁子甲,遮挡住自己心田里那最为脆

---

① 指罗陀。
② 檀香和月光常与爱情相联系。它们使罗陀感到不堪。

34

弱之处。① 遭到你的遗弃,她可怜巴巴。摩豆族人啊,像是惧怕爱情之箭,她在幻想中偎依着你。(4.3)

　　她铺就一张花做的眠床,似乎是为修苦行②而用,以便求得你那幸福的拥抱。那用花做成的钝头箭床③,最适合她施展令人销魂的温存技艺。遭到你的遗弃,她可怜巴巴。摩豆族人啊,像是惧怕爱情之箭,她在幻想中偎依着你。(4.4)

　　她抬起美丽的莲花面,满眼泪水,盈眶欲滴,犹如被"伤月者"④利齿咬啮的月亮,饱含着就要掉落的甘露。

---

　　① 在想象中,她将黑天藏在了自己的内心,故云。

　　② 在古代印度教中,苦行常被用来当作达到某种目的的手段,最常见的是通过苦行取悦神明,从而获得他的恩惠,实现所怀的愿望。这样的例子,印度教神话里有很多。

　　③ 所谓箭床(śaratalpa),本是箭镞朝上,由真正的利箭做成的床,为受伤的或已经捐躯沙场的战士所设。《摩诃婆罗多·毗湿摩篇》即有毗湿摩重伤后卧于箭床的描述(见汉译本该篇第115章),意在强调一个真正的刹帝利通过苦行表现的英雄气概。用花做成的箭兼指爱神的箭,此处所用,自然是没有尖头的。这里的"苦行""箭床"等当系借用,恐怕是为了表明情场之事的重要不亚于战场之事。

　　④ "伤月者"(vidhuntuda)指罗睺(rāhu)。传说众神和阿修罗搅乳海得到的甘露被阿修罗一方劫去。毗湿奴化作美女,从阿修罗手中诓走甘露,交给诸神。一个名叫罗睺的阿修罗装成天神,饮了甘露,但马上被日神和月神发现并报知了毗湿奴。毗湿奴旋即用轮宝斫下了他的头颅。他的身体顿时委地,但头颅由于已经接触甘露而不死,遂化成了一颗行星。罗睺怀恨在心,常相机吞咬太阳或月亮,以为报复,这时就会发生日食或月食。天文学上,罗睺为古代印度天文学家设想的两颗隐星之一,另一颗为计都。关于二星的真实含义,说法很多。一种认为计、罗分别是黄、白道相交的升交点和降交点。另说相反。最新研究结果认为,(转下页)

遭到你的遗弃,她可怜巴巴。摩豆族人啊,像是惧怕爱情之箭,她在幻想中偎依着你。(4.5)

她暗中用麝香把你画成携奇数箭者的模样,让你坐在摩迦罗的身上,还将初开的杜果花箭放在你的手中,然后对图敬拜。① 遭到你的遗弃,她可怜巴巴。摩豆族人啊,像是惧怕爱情之箭,她在幻想中偎依着你。(4.6)

她向他②不断地倾诉:"摩豆族人啊,我匍匐在你的脚边。一旦你转过脸去,即使是月光也会烧伤我的身体。"遭到你的遗弃,她可怜巴巴。摩豆族人啊,像是惧怕爱情之箭,她在幻想中偎依着你。(4.7)

她凭借冥想,在自己眼前复现你那如今已经难以得见的形象。她一会儿伤心,一会儿大笑,一会儿悲痛,一会儿哭泣,一会儿颤抖,一会儿诉说自己的苦恼。遭到你的遗弃,她可怜巴巴。摩豆族人啊,像是惧怕爱情之箭,她在幻想中偎依着你。(4.8)

---

(接上页)罗睺是白道的升交点,计都是白道的远地点。有关论证见钮卫星发表于《天文学报》1994 年第 9 期的《罗睺、计都天文含义考源》。

① 古代印度被疏远的女子常做这样的事,即所谓"爱神崇拜"(kāma pūja)。她们会敬神献供,图写心上人的形象,教鹦鹉或其他善于模仿的鸟鸣唱情歌等,以使他们尽早回到自己身边。

② 指前述画像。

如果谁的心想要随着吉祥胜天无比动人的讲述跳舞,那就请他听听罗陀被诃利冷落后失魂落魄的样子,她年轻的牧女朋友是怎样说的。遭到你的遗弃,她可怜巴巴。摩豆族人啊,像是惧怕爱情之箭,她在幻想中偎依着你。(4.9)

她的住处变成了丛莽,周围可爱的女伴也变成了罗网。① 她叹出的气息把痛苦之火煽成了森林大火。哎,离开了你,她就变得像头雌鹿。嗨,爱神怎么就变成了死神,凶猛得像头老虎?(4.10)

## 第九歌,用提舍伕拉格唱出

精致的项链奪拉在她的胸脯前面,由于身体嬴弱,她感觉已经不胜负荷。美发者啊,这就是同你分离后的罗提迦。(4.11)

檀香油膏滋润而又滑腻,如今敷在身上,她感觉着,仿佛成了可怕的毒药。美发者啊,这就是同你分离后的罗提迦。(4.12)

她叹息时呼出强烈无比的风,就像熊熊的爱情之火从口里喷出。美发者啊,这就是同你分离后的罗提迦。

---

① 女友们变成罗网是为保护她,担心她有非常之举。

(4.13)

无数的泪滴洒向各方,如同那眼莲花①折断了莲梗,花瓣上的露珠到处飞溅。美发者啊,这就是同你分离后的罗提迦。(4.14)

眼前嫩芽铺就的床榻,在她的想象中却布满了火焰。美发者啊,这就是同你分离后的罗提迦。(4.15)

香腮始终托在她的手掌上面,一动不动,就像夜晚的新月②。美发者啊,这就是同你分离后的罗提迦。(4.16)

"诃利!诃利!"她轻轻地呼喊着,带着感情和渴望,似乎就要因为遭到遗弃而死亡。美发者啊,这就是同你分离后的罗提迦。(4.17)

让那唱诵着吉祥胜天的诗歌,来到美发者足前的人得到幸福吧!③ 美发者啊,这就是同你分离后的罗提迦。(4.18)

她颤抖,她抽泣,她伤心,她哆嗦,她哽咽,她沉思,她蹒跚,她闭眼,她跌倒,她爬起,随后又昏倒在地。一

---

① 这里同时用莲花喻眼。以莲花比喻人眼之美是梵语文学中常用的修辞方式。
② 新月不明,喻指罗陀面色暗淡。
③ 有人认为,这里唱诵胜天诗歌的,就是罗陀的女友自己。

个美丽的女子,受着爱的煎熬,唯独你有灵丹①可以救
她。如果你愿意,就模仿一次天上神医吧,不然死神就
不会放过她。(4.19)

治疗心病的神医啊,你身体的接触就是甘露。爱神
使她患病,只有这个良方。因陀罗弟②啊! 不来解除罗
陀的痛苦,你对她就比金刚杵还狠。③ (4.20)

爱情的高烧带来疾病,煎熬着她的身体,使她表现
异常。她的心耽于对檀香、月光和莲池的幻想,力尽筋
疲。她身心枯竭,只有躲在隐秘之处,陷入对你——她
唯一爱人那凉爽身体的冥思,才能让她的衰弱之躯获得
片刻生机。(4.21)

当初,你的任何忽视,她都无法忍耐。即使你闭上眼
睛仅一刹那,她也会心情沉郁。现在,天各一方,那么长
久,看着杧果枝头繁花盛开,她又会怎样地叹息?(4.22)

以上是吉祥的《牧童歌》的第四章,称作“表现温和
的诛摩图者”。

---

① 指黑天的爱。
② 原文 upendra,意为“因陀罗之弟”,毗湿奴也即黑天的名号之一。
因陀罗是迦叶波和阿提底的儿子。毗湿奴为帮助众神从钵利王手里夺回
失去的三界,便投胎于阿提底,生为侏儒。他生为侏儒时,因陀罗已诞生
于前,故因陀罗为兄,毗湿奴称弟。
③ 金刚杵(vajra)是因陀罗的武器,无坚不摧。

# 第五章　心怀渴望的莲花眼①

"我留在这里,你去找罗陀。拿我的话安慰她,然后把她带到我这儿来。"听到摩图之敌的命令,罗陀的女友便去找她,对她讲了如下的话:(5.1)

## 第十歌,用提舍婆罗底拉格唱出

摩罗耶山吹来和风,撩拨着人的感情。到处繁花盛开,撕裂着伤别者的心。朋友啊,戴野花环者②正因为失去你而心情沮丧。(5.2)

月亮的寒光也能烤人,他感觉像要死去。爱神之箭纷纷落下,而他则萎靡不振,悲伤叹息。朋友啊,戴野花环者正因为失去你而心情沮丧。(5.3)

---

① "莲花眼"(puṇḍarīkākṣa)指黑天。
② 原文 vanamālin,黑天的名号之一。

蜂群嗡嗡地叫个不停,他只好把耳朵堵起。心中满怀离弃之苦,让他夜复一夜,深陷伤痛。朋友啊,戴野花环者正因为失去你而心情沮丧。(5.4)

他离开华美的住宅,栖身在荒凉的密林。他在地床上辗转反侧,口中喃喃,不断地呼叫着你的名字。朋友啊,戴野花环者正因为失去你而心情沮丧。(5.5)

诗人胜天唱诵着伤别者①的表现。让诃利凭着他曾对你好而出现在你充满热情的心里吧。朋友啊,戴野花环者正因为失去你而心情沮丧。(5.6)

摩豆族人正等着在丛林②——那爱的伟大圣地——里同你再次欢会,就在那儿,爱神曾经屡获成功。③ 他彻夜不眠,思念着你,还把你说过的话编成圣歌轻轻吟唱。他渴望拥抚你鼓胀如罐的胸乳,吮吸那源源流淌的甘露。(5.7)

## 第十一歌,用固罗迦利拉格唱出

那深怀爱恋的迷人情种已经到了幽会欢爱的最佳

---

① 指黑天。

② 这里所说的"丛林"(nikuñja)往往指那种情人们为了谈情说爱才去的隐秘丛林。

③ 使有情人得以结合就是爱神的成功。这里的"成功"为复数,说明有多次;或者兼指其他情侣,亦未可知。

之地。美臀女啊,切莫逡巡耽搁。还是让心来做主。阎牟那河畔风儿吹,戴野花环者就待在岸边的树林里。(5.8)

他让轻柔的笛声呼唤你的名字,算是赴你之约。他猜想,那么多在和风中飘浮的花粉,一定正拂过你的身躯。阎牟那河畔风儿吹,戴野花环者就待在岸边的树林里。(5.9)

一旦有鸟羽飞落,或者树叶晃动,他就猜你来了,于是便收拾床铺,同时神色不安地望着你可能走来的路。阎牟那河畔风儿吹,戴野花环者就待在岸边的树林里。(5.10)

摘掉你那靠不住的脚环吧,它们叮玲作响,当你急入爱戏之时,就会出来告密。朋友啊,披上黑色的斗篷①,到那幽暗茂密的丛林里去。阎牟那河畔风儿吹,戴野花环者就待在岸边的树林里。(5.11)

你的项链垂落在穆罗之敌的胸口,像一只振翅云端的鹳鸟。在颠倒的爱戏当中,善事臻于佳境。此时的你,宛如一团黄色上面的闪电。② 阎牟那河畔风儿吹,

---

① 披上黑色斗篷一时未必能够办到,故可能是指利用夜幕。
② 这里暗指男女换位的交欢方式。所谓"善事",系指情爱。"黄色"(pīta)指黑天。作为毗湿奴的化身,黑天身着黄衣,故有名号"着黄衣者"(pītāmbara)。"宛如"原字 rāj,也有"掌控局面"之意。

戴野花环者就待在岸边的树林里。(5.12)

你把外衣脱了,腰带解了,臀部也不再遮护。莲花眼啊,你是花蕾之床上的财宝,使人癫狂的原因。阎牟那河畔风儿吹,戴野花环者就待在岸边的树林里。(5.13)

诃利性情高傲。现在黑夜行将过去,还是听我劝告,赶快准备,前去满足摩图之敌的愿望。阎牟那河畔风儿吹,戴野花环者就待在岸边的树林里。(5.14)

吉祥胜天崇拜诃利,唱着无比欢乐的歌。向诃利致敬,他心中常乐,慈悲为怀,愿行善事。阎牟那河畔风儿吹,戴野花环者就待在岸边的树林里。(5.15)

此时,他正在不停地叹息,眼睛瞪着前面的空地。他一遍又一遍地钻进丛林,嘴里发出有气无力的声音。他一回回收拾好床铺,然后又茫然地看着它。那可爱的人正沉浸在对你的渴望之中。他已经被爱神折磨得浑身乏力。(5.16)

现在,太阳早已落山,你的任性也该彻底消失。夜色已经十分浓重,乔宾陀的渴望也跟着越发强烈。我向你恳求了这么久,连布谷鸟也模仿着,发出可怜的叫声。傻子啊,耽搁只能徒费光阴,当下应是相聚求欢的时刻。(5.17)

相爱的人先是彼此拥抱,随后互相亲吻,接着指甲抓挠。进而爱意觉醒，达于亢奋，爱戏正式开场。另有人在黑暗中摸索着走到一起，相遇之后，通过"谁啊？""不是！"之类的应答发现竟是夫妻，于是羞惭之情油然而生。（5.18）

当你将惊恐害怕的目光投向黑暗的道路时；当你在一棵棵大树前驻足，随后又慢慢挪步时；当你摆动着爱情之波一般的肢体，来到隐秘之地的时候，面容姣好的女人啊，你的情人也正注视着你呢。那就让他的愿望实现吧！（5.19）

以上是吉祥的《牧童歌》的第五章，称作"等待幽会时心怀渴望的莲花眼"①。

---

① 这里重述的章节名与前面标题所用的不完全相同。下面还有这样的情况，不再一一指出。

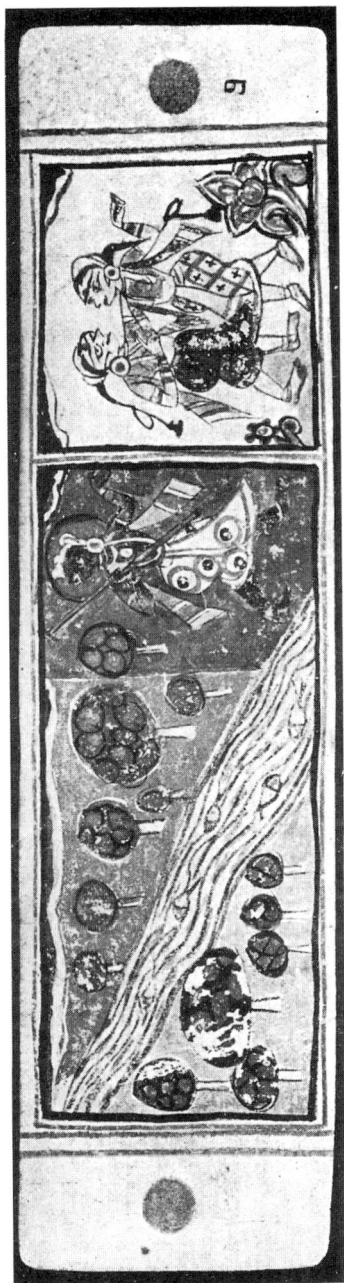

图五　左图中宽阔的阎牟那河畔树木众多，显示着地域的广大。焦急的黑天在这里来来回回，不知道跑了多少路。"摩豆族人（即阎牟那河）找寻罗提迦（即罗陀），去了这里，又到那里。爱神的箭射伤了他，此时他已心力交瘁。就这样，在迦林陀人（即阎牟那河）旁边的树丛中，他陷入悔恨，意气沮丧。"（3.2）他口中念念叨叨，反复自责："她看见我被那么多女人包围着？她又会说些什么？她又会被那么多女人包围着？她将会怎样待我？......这么久了，遭到遗弃，她将会怎样待我？她生气，她走了。我有着负罪的感觉，因为心中害怕，便没敢拦她。此刻这些，还有何用？河利啊诃利，全怪你冷落她，她生气，她走了。......"（3.3—3.14）右图中的罗陀虽然同样悲伤和孤独，却还是和她的女友在一起。这与游魂般孤单的黑天，形成了一定的对比。

45

图六 "在阎牟那河畔的芦苇丛中……休息下来。他心情抑郁，在爱情的重压下不知所措。"（4.1）左图的黑天侧卧在床铺上，身心俱疲。与此同时，罗陀因忍受失恋的痛苦，只好委托她的女友设法找到黑天，一探究竟，如中图。受她的嘱托，右图中的女友只身踏上了寻找黑天的路途。

图七 罗陀的女友找到黑天,向他描述了罗陀失恋后失魂落魄的状况:"......她凭借冥想,在自己眼前复现你那如今已经难以得见的形象。她一会儿伤心,一会儿大笑,一会儿悲痛,一会儿颤抖,一会儿哭泣,一会儿诉说自己的苦恼。遭到你的遗弃,她可怜巴巴。......她的住处变成了丛莽,周围可爱的女伴也变成了罗网。她叹出的气息把痛苦之火煽成了森林大火。哎,离开了你,她就变得像头雌鹿,爱相怎么就变成了死神,凶猛得像头老虎?......"(4.2—4.22)听说罗陀已经痛不欲生,儿近癫狂。黑天请求女友帮忙把罗陀领来:"我留在这里,你去找罗陀,拿我的话安慰她,然后把她带到我这儿来。'听到摩图之敌的命令,罗陀的女友便去找她,......"(5.1)女友走后,黑天复又陷入孤独。他拿出笛子,独自一人边吹边舞,陪伴他的只有两头小牛。

47

图八　陪伴的女友走后，罗陀的情绪转为焦急的期盼。她向湿婆林伽（śivalinga）献上祭品，希望它能在情爱上给她带来好运。黑天不再吹笛，拿起球杆，却没有玩伴。

图九 女友返回，手指一树，似乎在告诉罗陀，黑天独自一人，就在阎牟那河畔的树林里。此时罗陀正心情沮丧，意气消沉，憔悴无力地躺在床上。右图的女友，似乎在制作檀香油膏，供罗陀涂敷。但是，她病痛在心，而不在身。相反，由于深陷在失恋的痛苦之中，"檀香油膏滋润而又清腻，如今敷在身上，她感觉着，仿佛成了可怕的毒药"。（4.12）

# 第六章　无精打采的毗恭吒<sup>①</sup>

罗陀待在爬满春藤的凉亭下面。过了很久,女友见她无力离开,便又回到被爱情折磨得衰弱不堪的乔宾陀那里,向他讲述她的情况:(6.1)

## 第十二歌,用那吒拉格唱出

她看见你到处在隐秘的地方吮吸别人唇吻间香甜的蜜汁。<sup>②</sup> 诃利啊,保护者! 罗陀正待在她栖身的地方,沮丧乏力。(6.2)

她一心渴望和你相见,刚刚离开,没挪几步,又跌倒在地。诃利啊,保护者! 罗陀正待在她栖身的地方,沮

----

① 毗恭吒(vaikuṇṭha)是毗湿奴天宫的名称,这里用作他(以及黑天)的名号。该天宫据称在须弥山上;又称在北海。

② 这里所说是罗陀的想象。她认为黑天抛弃了她,正在同别的女子调情。

丧乏力。(6.3)

她佩戴着洁净的莲花骨朵做成的手链，能够活着，全靠尝试过和你一同经历的爱情嬉戏。诃利啊，保护者！罗陀正待在她栖身的地方，沮丧乏力。(6.4)

她有时看着自己盛装的样子，陷入幻想："我就是摩图之敌。"①诃利啊，保护者！罗陀正待在她栖身的地方，沮丧乏力。(6.5)

她反反复复叮问女友："为什么诃利还不快来赴约?"诃利啊，保护者！罗陀正待在她栖身的地方，沮丧乏力。(6.6)

她拥抱亲吻那乌云般浓重的黑暗，说："诃利已经来到!"②诃利啊，保护者！罗陀正待在她栖身的地方，沮丧乏力。(6.7)

你在这里磨蹭，她已装扮停当③。她摆脱了羞怯，正在悲叹啜泣。诃利啊，保护者！罗陀正待在她栖身的

---

① 摩图之敌(即黑天)身上多有贵重饰物，如项链、花环、臂钏、手镯等。罗陀盛饰以待黑天，且一心想念着他，故有顾影自称黑天的可能。原文与"盛装"构成复合词的 līlā 一字有女子模仿其情人以为玩笑的意思，故这里也有罗陀将自己身上的装饰摆弄成黑天穿戴的模样，然后自称黑天的可能。有印度教理论家认为，该教著名的"你就是它"(tat tvam asi)这句话，便意味着以罗陀和黑天为代表的人、神合一。

② 意思是她把黑暗当作了黑皮肤的黑天。

③ 专指女子穿戴完毕，准备迎见情人。

地方,沮丧乏力。(6.8)

愿这首诗人吉祥胜天的歌,能给知音者带来无上的快乐。诃利啊,保护者!罗陀正待在她栖身的地方,沮丧乏力。(6.9)

骗子啊!那瞪羚眼女①时常汗毛倒竖②,大声吸气③,一时畏寒颤栗,一时抱怨嗔怪,一时惶惑无措。④她对你怀着不倦的爱情,正沉浸在充满恋爱情趣的大海之中,专心冥想!(6.10)

多少次啊,见有树叶晃动,她就以为是你来了,于是忙把周身打扮起来,并且整理好床铺,长时间地出神等待。她常常一面整理装饰华丽的床铺,一面凭着意愿,成百次地回味你们做过的爱情游戏。见不到你,这纤弱的美人儿就活不过今夜了。(6.11)

以上是吉祥的《牧童歌》的第六章,称作"听着有关罗陀准备迎接爱侣的描述时无精打采的毗恭吒"。

---

① 指罗陀。鹿眼女,或长着瞪羚眼的女郎,是称赞眼睛美丽的女性的套语。
② 用来形容处于狂喜或销魂状态的身体反应,亦为常用的套语。
③ 实指快感带来的吸气声。
④ 这里所说的颤栗并非来自寒冷,而是来自对于爱情的极度渴望;所说的吸气也是在想象中受到黑天的爱抚而发出的。接下来所说的嗔怪之声等等,是指女子在嬉戏调情时那种假意推拒,佯怨薄怒,又似乎慌乱无措的情态,也是罗陀想象黑天就在身边的结果。

**牧童歌**

图十　女友向罗陀报告黑天的状况，描绘了他对她的痛苦思念，劝她赶紧去和黑天相会。(5.2—5.17)"摩罗耶山吹来和风，撩拨着人的感情。到处繁花盛开，撕裂着别者的心。……月亮的寒光也能烤人，他感觉像要死去。爱神之箭纷纷落下，而他则萎靡不振，悲伤叹息。朋友啊，戴野花环者正因为失去你而心情沮丧。……他正在不停地叹息，眼睛瞪着前面的空地。他一遍又一遍地钻进丛林，嘴里发出有气无力的声音。……那可爱的人正沉浸在对你的渴望之中。他已经被爱神折磨得浑身乏力。"(5.2,5.3,5.16)这里的黑天蜷缩在树下，内心充满自责、渴望和无奈。陪伴他的只有树上的鸟儿。它同样形单影只。

53

图十一　女友还告诉罗陀,黑天也是独自一人托笛林间,"他让轻柔的笛声呼唤你的名字,算是赴你之约。他猜想,那么多在和风中飘浮的花粉,一定正拂过你的身躯。简单那河畔河儿吹、戴野花环者就待在岸边的树林里"。(5.9)但是,经受失恋折磨的罗陀已经十分虚弱。"⋯⋯过了很久,女友见她无力离开,便又回到被爱情折磨得衰弱不堪的乔多那里,向他讲述她的情况。"(6.1)

牧童歌

图十二 女友描述了罗陀沮丧、虚弱而又失魂落魄的情状：她坐在树下，两眼呆望着前方，看上去面无表情，实际上心绪烦乱；飞到树上的鸟儿似乎带来了黑天到达的消息，她立刻起身奔跑起来。

55

# 第七章　学坏的那罗延①

　　月亮,这底迦孙陀利②面庞上的檀香痣,污迹明显而又放出光芒。它用射线织成的网,照亮那片称作弗临陀瓦那的树林深处,显示出偷情妇们潜行的幽径,而自己似乎也犯了罪。③ (7.1)

　　当负兔者④的光轮冉冉升起,而摩豆族人还显得磨磨蹭蹭的时候,那孤独的人⑤正深陷在无尽的悲伤之中,禁不住失声恸哭起来: (7.2)

---

　　① 那罗延(nārāyaṇa)意为"原人之子",是毗湿奴和黑天的名号。
　　② 原文 diksundarī,天空中某个方位的名称,该方位属于童贞女。
　　③ 污迹,原文 lāñchana,意为痕迹、斑点,引申而有污点义。这里指月面的阴影。月亮因为暴露了偷情妇们的非行,故自己似乎也犯了罪。污迹云云,也是在这个意义上使用的。
　　④ 原文 śaśadhara,指月亮,因为它有兔影。
　　⑤ 指罗陀。

## 第十三歌,用摩罗婆拉格唱出

本来说定会面,诃利却没来林中。唉,这样我的青春和无瑕的容貌便没了用处。现在我到底去哪儿好?女友拿话哄骗了我!(7.3)

当初我在夜间随他深入密林。就在那儿,他拿奇数箭①射中了我的心。现在我到底去哪儿好?女友拿话哄骗了我!(7.4)

我这失去生趣、毫无用处的身子还不如死了好。干嘛还要忍受这离弃之火的炙烤?现在我到底去哪儿好?女友拿话哄骗了我!(7.5)

这甜蜜的早春之夜让我沮丧。唉,一定是哪个骚女积了善德②,正在享受诃利的爱怜。现在我到底去哪儿好?女友拿话哄骗了我!(7.6)

唉,忍受着诃利离弃之火的烧灼,身上的宝石饰物和臂钏这类玩意只能带给我巨大的刺痛。现在我到底去哪儿好?女友拿话哄骗了我!(7.7)

无形体者的利箭射中了我的心,而扎人的花环又像它一样伤害我这娇嫩如花之身。现在我到底去哪儿好?

---

① 爱神的箭,共有五支,故称奇数箭。
② 指前生做了好事,因积德而此生得善报。

女友拿话哄骗了我!(7.8)

我在林间茂密的苇丛中守候,而那诛摩图者的心却根本想不起我。现在我到底去哪儿好?女友拿话哄骗了我!(7.9)

诗人胜天的叙述在诃利的脚边找到归宿。让它像温柔而又灵巧①的少女一样,驻留在你的心中。现在我到底去哪儿好?女友拿话哄骗了我!(7.10)

此刻,他是不是正同哪个爱他的女人私下幽会?要不就是朋友用什么情爱游戏缠住了他?或者他正在林边的黑暗中盲目摸索?也许我爱的人正在路上,只是身心疲惫,挪不动步,无法到达这芦苇、藤条和灌木都很漂亮的约会地点。(7.11)

现在,她看到了回来的女友,见她垂头丧气,不言不语,却没有带回摩豆族人,便心生疑惑,眼前又浮现出那人类折磨者②同别的女人嬉戏的景象,于是说道:(7.12)③

---

① 指擅长技艺,尤其指娴于恋爱艺术。
② 原文 janārdana,这是毗湿奴也即黑天的名号。
③ 第3—11颂为罗陀的诉说。第12颂是作者的叙述。

## 第十四歌,用伐散陀拉格唱出

那女子巧着衣衫,为的是方便爱情之战。她凌乱的头发上散落着缤纷的花朵。同摩图之敌嬉戏调情的,是个年轻出众的女子。(7.13)

她兴奋地紧紧拥抱着诃利。在她鼓胀如钵的胸乳上,一串项链正在起伏颤动。同摩图之敌嬉戏调情的,是个年轻出众的女子。(7.14)

卷曲的头发在她如月的面庞上愉快地扫拂。她在诃利的唇吻上拼命吮吸,直到浑身瘫软。同摩图之敌嬉戏调情的,是个年轻出众的女子。(7.15)

耳坠摇晃,撞击着她的面颊。随着臀部的扭动,腰带也在玎玲作响。①同摩图之敌嬉戏调情的,是个年轻出众的女子。(7.16)

情人的注视让她笑中带羞。吐不尽的缠绵细语透露出欢爱的情味。同摩图之敌嬉戏调情的,是个年轻出众的女子。(7.17)

她毛发直竖,浑身颤抖,扭动不安。爱欲的爆发使她闭起眼睛,频频喘息。同摩图之敌嬉戏调情的,是个

---

① 腰带上饰有宝石或响铃。

年轻出众的女子。(7.18)

淋漓的汗水布满她美丽的身体,也浸湿了那情战圣手的胸脯。同摩图之敌嬉戏调情的,是个年轻出众的女子。(7.19)

吉祥胜天描述了诃利的情爱之乐。但愿它能结束那肮脏的迦利时代![①] 同摩图之敌嬉戏调情的,是个年轻出众的女子。(7.20)

月亮正像穆罗之敌那经受着别离之苦的莲花面一样,泛着苍白的光,足可抚慰我的愁情。但是,唉,作为爱神的朋友,它又拿情爱的伤痛填满了我的心。[②](7.21)

## 第十五歌,用固罗迦利拉格唱出

她的芳唇迎接着亲吻,快活满面,情欲升腾。他在她颤抖的额头印上一颗麝香痣,样子就像月亮上的一头鹿。此刻,在阎牟那河沙岸边的树林里,穆罗之敌正以征服者的姿态纵情享乐。(7.22)

她那娇嫩的面庞晃动不停。他在她浓密的秀发上

---

① 关于迦利时代参见第二章第8颂有关注释。依据往复循环的道理,这个罪恶时代的结束,意味着一个新的美好时代的到来。这里罗陀的话,显然既有愤懑,又有期待的意思。

② 月亮可以抚慰她,但爱神却只能折磨她。此处的月亮(vidhu)一词原意为孤寂,也正与当前罗陀处境的孤单相呼应。

插了一朵不凋花①,样子就像爱神猎苑上空一道夺目的闪电。② 此刻,在阎牟那河沙岸边的树林里,穆罗之敌正以征服者的姿态纵情享乐。(7.23)

她鼓胀的双乳涂着明亮的麝香,犹如天穹,上面装饰着指甲划出的月亮图案。他将晶莹的宝石珠串放在上面,俨然成了密布的繁星。此刻,在阎牟那河沙岸边的树林里,穆罗之敌正以征服者的姿态纵情享乐。(7.24)

她的手掌好似冰冷的莲瓣,柔弱的双臂胜似莲梗。他为它们套上的翡翠臂钏,样子就像落满了蜜蜂。此刻,在阎牟那河沙岸边的树林里,穆罗之敌正以征服者的姿态纵情享乐。(7.25)

她丰满的臀部是爱神的金垫,嬉乐的厅堂。他扯散她缀满宝石的腰带,它是那房舍会发笑声的门扉。③ 此刻,在阎牟那河沙岸边的树林里,穆罗之敌正以征服者

---

① 原文 kurabaka,传说中紫红色永不凋谢的花。

② 这里暗指黑天已经成了爱神箭下的猎物,陷入与其他牧女的爱情。

③ 此处"臀部"(jaghana)一词又有女阴义。"厅堂"原意为房屋(gṛha)。"房舍"原意为住处(vāsana)。它的动词词根√vas除居住义外,还有借住义,乃至经引申而有同房义。该词前面加上 kṛta,成 kṛtavāsana,便有了"做成住处""当作住处",以至含有"用于同房"的意思。它与前面的厅堂意义相近,彼此呼应。这里用厅堂(房屋)比喻臀部,用门扉比喻腰带,寓意明显。门扉发出的笑声,或者喻指腰带宝石的玎玲声。而此时出现笑声,应也不违常情。另外,vāsana 还有衣服义,故诗人这里或有双关考虑,亦未可知。

的姿态纵情享乐。(7.26)

她那嫩叶般的双足长着宝石一样的趾甲。他给它们涂上一层紫胶,放在自己的胸口,那属于吉祥天女的地方。① 此刻,在阎牟那河沙岸边的树林里,穆罗之敌正以征服者的姿态纵情享乐。(7.27)

持犁者的异母兄弟,那荒唐鬼,正在和哪个热情的美目女郎玩得高兴。女友啊,请告诉我,干嘛我还要躲在这灌丛里,没完没了,既无趣味,又无结果? 此刻,在阎牟那河沙岸边的树林里,穆罗之敌正以征服者的姿态纵情享乐。(7.28)

诗王胜天对诃利功德的颂扬饶有情味,他就在摩图之敌的脚边。让那迦利时代的恶行远离他的诗篇吧!此刻,在阎牟那河沙岸边的树林里,穆罗之敌正以征服者的姿态纵情享乐。(7.29)

女友啊,捎信的人!那个骗子冷酷无情,不来也罢,为什么却让你痛苦? 是他放纵自己,同那么多女人亲热玩乐,这事儿里你有什么错? 那可爱的人因有诸般长处才吸引了我。我的心似乎就要因为延颈久望的痛苦负担而破裂,但是你看,它还是情不自禁要赴情人之约。(7.30)

---

① 吉祥天女是毗湿奴(即黑天)的妻子。这里"胸口"的原文 hrd 也有"心"的意思。

## 第十六歌,用提舍伐拉格唱出

他①的眼睛闪动着,好像临风的蓝莲花。她身下的花骨朵床也不会刺痛人。朋友啊,戴野花环者给她带来了快乐。(7.31)

他可爱的口唇有如绽放的莲花。她也没有被爱神的利箭所伤。朋友啊,戴野花环者给她带来了快乐。(7.32)

他的语调柔和甜美,有如甘露。她也没受到摩罗耶山风的炙烤。朋友啊,戴野花环者给她带来了快乐。(7.33)

他的双足就像陆地上生长的木槿②,惹人喜爱。她也没有被月光所袭扰。③ 朋友啊,戴野花环者给她带来了快乐。(7.34)

他的身体像一团饱含雨水的浓云,闪闪发光。她的心也没有被长久的别离所折磨。朋友啊,戴野花环者给她带来了快乐。(7.35)

---

① 指黑天。在以下的描述中,他是爱情游戏主动的享受者。

② 木槿,落叶灌木,属锦葵科,花冠呈紫红色。

③ 这里月亮的梵名为 himakara,意思是"寒冷制造者"。前一颂和这一颂说的是她处在不冷不热的舒适环境中。

他的衣服闪耀着试金石上夺目的金光。① 她也不必因为周围人的取笑而叹息。朋友啊，戴野花环者给她带来了快乐。(7.36)

他年纪轻轻，是众生中的翘楚。她也无须经受忧愁带来的痛苦。朋友啊，戴野花环者给她带来了快乐。(7.37)

让诃利借助吉祥胜天所唱的诗歌进入内心吧。② 朋友啊，戴野花环者给她带来了快乐。(7.38)

携带爱情喜悦的檀香之风啊，请平静下来！当你南行的时候，就来结束我遭受的冷遇吧！世界的生命气息啊③，请把摩豆族人带到我的跟前，哪怕只一刹那，为此你可以拿走我的生命。(7.39)

他④那无情的头脑是个折磨人的地方，在那儿，朋友与敌人共存，凉风和火焰不分，月亮同毒药无异⑤。尽管

---

① 试金石（nikaṣa）是黑色的燧石，带有黄金摩擦所留下的金色条纹。黑天的肤色是黑的，衣服是黄色的，所以有这样的比喻。

② 这里的"内心"系谁所属，原文并未指明，后世研究者的理解亦多不同，有认为是指听者的，也有认为是指罗陀的，或是指所有人（尽管原文是单数）的。

③ "世界的生命气息"指风。前面的"檀香之风"的"风"也有"生命气息"的意思。

④ 指黑天。

⑤ 这里的月亮原文是 sudhāraśmi，意为"以甘露为光线者"，因为月亮被认为是贮藏甘露的地方。原文"月亮"实际是强调其中有"甘露"，这样才能与"毒药"对举。

如此,我的心还是被迫往那里跑。在蓝莲花眼①们的眼里,他既狠心又可爱,任性妄为却又无往不利。(7.40)

摩罗耶山风啊,把苦恼加给我吧。五箭之神②啊,剥夺我的阳气吧。即使那样,我也绝不躲回家去。死神的姊妹③啊,干嘛要好心好意,用你的波浪打湿我的四肢,浇灭我的烧身之火?(7.41)

以上是吉祥的《牧童歌》的第七章,称作"失望女子④口中的学坏的那罗延"。

---

① 指漂亮的女子。
② 原文 pañcabāṇa,意为"五箭",指爱神。
③ 指阎牟那河。太阳神苏利耶与其妻散若生摩奴、阎摩和阎蜜。阎摩为死神,阎蜜为阎牟那河女神,故阎牟那河有死神的姊妹之称。
④ 这里说的是男女幽会中,由于男子爽约未赴而感到失望的女子。

图十三　牧童黑天正在阎牟那河边放牛，罗陀则等在河边，期待着同黑天会面。后来，牛群在阎牟那河边自由游荡，牧童却不见了。他去了别的幽会的地方。这是罗陀想象中黑天爽约的景象。这样我的青春和无瑕的容貌便没了用处。唉，这样我说定会面，河利却没来林中。她不禁抱怨："本来说定会面，一手持花环，两腿交叉，作"吉祥式"(svastikasana)，期待着同黑天会面。现在我到底去哪儿好？"(7.3)

牧童歌

图十四　罗陀孤身一人，寂寞使她再次陷入黑天和别的牧女嬉戏玩耍的爱憎，正在享受诃利的爱怜。……此刻，他是不是正同哪个爱他的女人私下幽会？要不就是朋友用什么情爱游戏缠住了他？……"（7.6—7.11）左图的罗陀似乎扭过头去，不愿意看到这样的情景。

67

图十五　然而，孤独的罗陀还是切切盼她的女友能够将黑天劝来。她表面镇静而内心烦乱。她越是心焦，越是觉得黑天难以劝服，执意要抛弃她，去找别人。女友终于回来了。"现在，她看到她的女友，见她垂头丧气，不言不语，却没有带回摩豆族人（即黑天），便心生疑惑。眼前又浮现出那人类折磨者（即黑天）同别的女人嬉戏的景象，……"（7.12）她甚至想象，女友见至想到回到自己的身边。

68

图十六 她把眼前浮现的景象描述给女友:"那女子巧着衣衫,为的是方便爱情之战。她凌乱的头发上散落着缤纷的花朵。同摩图之敌嬉戏调情的,是个年轻出众的女子。"(7.13)她无法忍受黑天和别的牧女纵情欢舞,何况他们看起来还是那么愉快而和谐,而她却在暗夜中孤孤单单,一人坐在树下,陪伴她的只有一条小蛇。

69

图十七 她幻想着黑天和别的牧女彼此相拥，做着他们的爱情游戏："……她的芳唇迎接着亲吻，快活满面，情欲升腾。他在她颤抖的额头印上一颗麝香痣，样子就像月亮上的一头鹿。……她的手掌好似冰冷的莲瓣，柔弱的双臂胜似莲梗。他为它们套上的翡翠臂钏，样子就像落满了蜜蜂。此刻，在阁牟那河岸边的树林里，穆罗之敌正以征服者的姿态纵情享乐。"（7.22、7.25）她把这令人妒火中烧的时刻称作"肮脏的迦利时代"（7.20），盼望它早早结束——彼此分手。

# 第八章　羞愧的吉祥天女之夫[①]

就这样挣扎着过了一夜,在爱神之箭的折磨下,她已经显得筋疲力尽。尽管情人[②]站在面前,一面躬身施礼,一面好言抚慰,她还是满怀妒意,对他说道:(8.1)

## 第十七歌,用跋耶罗毗拉格唱出

你的眼睛无精打采,带着沉迷爱欲,过分熬夜才有的红色,透露出你对于情色日益强烈的执着追求。诃利啊诃利,你走吧!摩豆族人啊,你走吧!美发者啊,不要再拿谎话来骗我!莲花眼啊,还是跟那个女人走吧,她能为你解除烦闷!(8.2)

---

① 指毗湿奴,也即黑天。
② 指黑天。

你亲吻她涂有灯黑①的眼睛。结果，黑天啊，你红色的嘴唇也变黑了，同你的肤色正好相称。诃利啊诃利，你走吧！摩豆族人啊，你走吧！美发者啊，不要再拿谎话来骗我！莲花眼啊，还是跟那个女人走吧，她能为你解除烦闷！(8.3)

你身上的累累抓痕，仿佛翡翠上面闪闪发光的金纹，真够漂亮。那是爱情鏖战中由尖利的指甲留下的，堪称情场胜者的标志。诃利啊诃利，你走吧！摩豆族人啊，你走吧！美发者啊，不要再拿谎话来骗我！莲花眼啊，还是跟那个女人走吧，她能为你解除烦闷！(8.4)

红色的紫胶从她的莲足上滴下，落在你高贵的前胸，看上去就像遍布于爱情之树的新生嫩芽。诃利啊诃利，你走吧！摩豆族人啊，你走吧！美发者啊，不要再拿谎话来骗我！莲花眼啊，还是跟那个女人走吧，她能为你解除烦闷！(8.5)

留在你唇上的齿痕刺伤了我的心。现在怎能倒让它来提出我和你肌肤重亲？诃利啊诃利，你走吧！摩豆族人啊，你走吧！美发者啊，不要再拿谎话来骗我！莲花眼啊，还是跟那个女人走吧，她能为你解除烦闷！

---

① 一种拿油烟做成的颜料，用来涂敷眼皮或睫毛。

(8.6)

黑天啊，你的心一定比你的外表还要黑。要不你怎会欺骗一个饱受火热爱情折磨的追随者？诃利啊诃利，你走吧！摩豆族人啊，你走吧！美发者啊，不要再拿谎话来骗我！莲花眼啊，还是跟那个女人走吧，她能为你解除烦闷！(8.7)

你在树林里到处游荡，无非是为了搜寻柔弱的女子，当作美餐。卜陀尼迦的命运说明，你自幼就有残杀妇女的行径。① 诃利啊诃利，你走吧！摩豆族人啊，你走吧！美发者啊，不要再拿谎话来骗我！莲花眼啊，还是跟那个女人走吧，她能为你解除烦闷！(8.8)

吉祥胜天唱诵了一个年轻女子的悲伤，她在情爱上受骗遭弃。请听吧，智者们！它甜美有如甘露，即使在天国也听不到。诃利啊诃利，你走吧！摩豆族人啊，你走吧！美发者啊，不要再拿谎话来骗我！莲花眼啊，还是跟那个女人走吧，她能为你解除烦闷！(8.9)

你那可心人的足上涂满紫胶，你的前胸也沾满了红

---

① 卜陀尼迦(pūtanikā)即卜陀那(pūtanā)，一个魔女，据说能在儿童中传播疾病。《薄伽梵往世书》第十部第六章有故事称，刚舍派她去做婴儿黑天的乳娘，好用毒奶杀死他。不料黑天不仅吮尽毒汁，连卜陀尼迦的生命也一并吸走了。罗陀所说，即是此事。

色。我看你是要借此公开你的爱。① 骗子啊，我们之间人所共知的爱情已经破裂。你这模样带给我的羞辱，比带给我的悲伤还要大。（8.10）

以上是吉祥的《牧童歌》的第八章，称作"在失望女子的责备下羞愧的吉祥天女之夫"。

---

① 这里所说的"爱"的原文是 anurāga，也有红色的意思，故语带双关，可与前述胸前红色之说相联系。

# 第九章　虚弱无力的穆衮陀①

就这样,她想象着诃利的行为,经受着爱的折磨,情味破坏殆尽,内心充满沮丧。见此,女友便对这由于受到伤害而躲起的女人说到:(9.1)

## 第十八歌,用固罗迦利拉格唱出

诃利已经赶来②,就在这甜蜜的和风吹拂之时。朋友啊,在这个世界上,等着你的,还有更大的幸福吗? 哎,不要对摩豆族人生闷气了,他也是个骄傲的人。(9.2)

你的胸乳丰满如钵,比起多罗树③的果实,还要壮

---

①　穆衮陀(mukunda)为黑天的名号之一,意为解救者。
②　此处的动词"来",原文为 abhi-$\sqrt{\text{sr}}$,含有情人急匆匆赶赴约会之意。
③　属棕榈科乔木,学名扇叶树头榈,其果实多汁,尤宜于夏日消暑饮用。

硕可口。干嘛让它们闲着无用呢？哎,不要对摩豆族人生闷气了,他也是个骄傲的人。(9.3)

这话还要我反复不断说多少遍？别再回避诃利啦,他是那么优秀而又那么可爱。哎,不要对摩豆族人生闷气了,他也是个骄傲的人。(9.4)

何必这样萎靡不振,悲痛哭泣。年轻的女伴们都在笑你哩! 哎,不要对摩豆族人生闷气了,他也是个骄傲的人。(9.5)

诃利就在那用潮湿的莲花瓣铺就的凉床上。看看他吧,也让你的眼睛有点收获。哎,不要对摩豆族人生闷气了,他也是个骄傲的人。(9.6)

何苦把沉重的烦恼放在心上。请听我说,他也是不愿意同你分离呀。哎,不要对摩豆族人生闷气了,他也是个骄傲的人。(9.7)

就让诃利过来吧,让他来对你讲那说不尽的甜蜜话。为什么非要使自己的心陷于孤独呢? 哎,不要对摩豆族人生闷气了,他也是个骄傲的人。(9.8)

吉祥胜天的叙述魅力无穷。愿诃利的故事能给那喜好风月的人带来快乐。哎,不要对摩豆族人生闷气了,他也是个骄傲的人。(9.9)

现在,他态度温和,你却表现粗暴。他向你躬身行礼,你却对他生硬无情。他对你一往情深,你却对他心怀憎恨。他对你仰视祈求,你却掉过脸去。他向你表达爱慕,你却离他而去。你这样坚持对立,会把檀香膏变成毒药水,把月亮变成太阳,①把冰雪变成火焰,把嬉戏快乐变成地狱折磨。(9.10)

以上是吉祥的《牧童歌》的第九章,称作"女子由于受到伤害而躲开时虚弱无力的穆衮陀"。

---

① 这里的"月亮"原文用的是代称"放冷光者"(śītāṃśu),"太阳"用的则是"炙人者"(tapana)。彼此对举,寓意亦在将好变坏。

# 第十章　机灵的四臂[①]

夜幕降临,诃利来到这美貌女子的面前。此时,她气愤的力道已经缓和,由于不断叹息,脸上也出现了倦态。诃利结结巴巴,对她说出如下令人愉快的话,而她则面带羞涩,看着自己女友的脸:(10.1)

## 第十九歌,用提舍婆罗底拉格唱出

你的皓齿明亮如月,稍一开口,就能驱逐可怕而令人恐惧的黑暗。让你那团来如月的脸庞使我的遮古罗眼生出渴望吧——去你那颤抖的双唇间吸食琼浆。亲爱的人啊,举止妩媚的人! 此刻,爱情之火正燃烧着我的心。请放弃无端的骄傲,赐我你那莲口中的蜜汁!

---

①　四臂(caturbhuja)为毗湿奴也即黑天的名号之一。毗湿奴形象为四面(或一面)、四臂。四手各执法螺、轮宝、仙仗、莲花。

78

(10.2)

皓齿美人啊,倘若果真对我生气,就拿锋利如箭的指甲掐我吧,拿双臂捆我,拿牙齿咬我,或用别的法子,只要你高兴。① 亲爱的人啊,举止妖媚的人! 此刻,爱情之火正燃烧着我的心。请放弃无端的骄傲,赐我你那莲口中的蜜汁! (10.3)

你是我的装饰,你是我的生命,你是我尘世之海中的珍宝。永远顺从我吧。我也会尽心竭力。亲爱的人啊,举止妖媚的人! 此刻,爱情之火正燃烧着我的心。请放弃无端的骄傲,赐我你那莲口中的蜜汁! (10.4)

苗条的女子啊,你的眼睛虽如青色莲花,但仍有红莲的色彩。如果中了爱神之箭,你就会把它染成相同的黑色。② 亲爱的人啊,举止妖媚的人! 此刻,爱情之火正燃烧着我的心。请放弃无端的骄傲,赐我你那莲口中的蜜汁! (10.5)

让珍珠项链在水罐般的双乳上抖动吧,从而唤起你心中的恋情。让腰带在你那坚实的圆臀上玎玲作响吧,就当宣布爱神的命令。亲爱的人啊,举止妖媚的人! 此

---

① 这里所举,实际上都是爱侣之间的行为。

② 眼中"红莲的色彩"是由发怒而来的。染成黑色,似有息怒之意。句中"黑色"和"黑天"是同一个词,故又有暗指黑天的意思。

刻,爱情之火正燃烧着我的心。请放弃无端的骄傲,赐我你那莲口中的蜜汁!(10.6)

请开口吧,声音柔婉的人!你的莲足胜过木槿花,作为情戏舞台上的最佳部位,足以迷住我心。我要用温润明亮的紫胶涂红它们。亲爱的人啊,举止妩媚的人!此刻,爱情之火正燃烧着我的心。请放弃无端的骄傲,赐我你那莲口中的蜜汁!(10.7)

你那高贵的嫩芽脚①能够清除爱的毒药。把它放在我的头上吧,当作一件装饰,同时解除我的燎烤之痛。爱情那炙人的烈日,正在我的体内灼烧。亲爱的人啊,举止妩媚的人!此刻,爱情之火正燃烧着我的心。请放弃无端的骄傲,赐我你那莲口中的蜜汁!(10.8)

穆罗之敌对罗提迦说的话优美、伶俐、殷勤而又可心,足以动人。诗人胜天为取悦钵摩婆底而唱的诗歌能带来大欢喜。亲爱的人啊,举止妩媚的人!此刻,爱情之火正燃烧着我的心。请放弃无端的骄傲,赐我你那莲口中的蜜汁!(10.9)

再不要怀疑了,不安的人。只要你坚实的乳房和臀部占据着我的心,那里就永无别人。除了无形体者,谁

---

① 嫩芽喻指脚趾。

都不值得进入我的灵魂。请满足我的愿望,去拥抱你那壮硕的胸乳!(10.10)

可爱的傻瓜啊,用你无情的牙齿咬我,用你藤条般的手臂缠我,用你丰满的乳房挤压我吧。旃迪啊,①面对享乐,不要逡巡。让那五箭之神残酷的利箭刺穿我吧,把我的生命力释放出来!(10.11)

苗条的女子啊,你沉默不语,让我白白受罪。妙龄女子啊,唱起第五拉格吧,让你那甜蜜的歌声和眼神来解除我的痛苦!面容姣好的女子啊,别老表示反感,也不要躲避我。可爱的傻瓜啊,现在我,你爱的人,已经满怀柔情,来到你的面前。(10.12)

你的唇吻滑腻,泛着般度伽花②的光彩。你腮边的皮肤像摩度伽花③。旃迪啊,你的眼睛闪着青色莲花的光。你的鼻子像芝麻花。可爱的人啊,你的牙齿带着茉莉花的光泽。正是借着你的容貌,以花为武器者才征服了所有人。(10.13)

你的眼光由于迷醉而显得懒散。你的颜面像月亮

---

① 旃迪(caṇḍī)是难近母(durgā)的名号之一。她是一位黄皮肤的美丽女神,但形象凶狠,令人生畏。原文 caṇḍī 又有惹人喜爱的意思。

② 般度伽(bandhūka)为一草本植物,又称午时花,秋季开鲜红色花,午时绽放,翌晨即闭。

③ 摩度伽(madhūka)为山榄科紫荆木属乔木,花红紫色。

一样放光。你的步态足以摇人心旌。你的双腿像晃动的大蕉树。你行爱的艺术是神秘的迦罗瓦蒂仪式。①你的双眉就是美丽的图画。要是走在大地上,呵,苗条的女子啊,你就会显出妙龄天女的步态。(10.14)

以上是吉祥的《牧童歌》的第十章,称作"情人嗔怒时表现机灵的四臂"。

---

① 迦罗瓦蒂(kalāvatī)是密教为入教者举行的秘密仪式。据说在这种仪式中,难近母会化身为新入教者出现。

图十八　黑天终于出现。罗陀虽然身体虚弱,但是对于黑天的不满仍然强烈。"……在爱神之箭的折磨下,她已经显得筋疲力尽。尽管情人站在面前,一面躬身施礼,一面好言抚慰,她还是满怀妒意,对他说道:'你的眼睛无精打采,带着沉迷爱欲,过分熬夜才有的红色,透露出你对于情色日益强烈的执着追求。诃利啊诃利,你走吧!摩豆族人啊,你走吧!美发者啊,不要再拿谎话来骗我!还是跟那个女人走吧,她能为你解除烦闷!'"(8.1—8.2)左图(黑天饱受责备却辩白无力,右图的罗陀则故意做出对他全不在意的样子。

图十九 黑天并不气恼。他向罗陀表达了发自内心的赞美。"请开口吧，声音柔婉的人！你的莲足是胜过木槿花，作为情戏舞台上的最佳部位，足以迷住我心。我要用温润明亮的紫胶染红它们。……你那高贵的嫩芽脚能够清除爱的毒药。把它放在我的头上吧，当作一件装饰，同时解除我的燎烤之痛。爱情那炙人的烈日，正在我的体内灼烧。亲爱的人啊，举止妩媚的人！此刻，爱情之火正燃烧着我的心。请放弃无端的骄傲。赐我你那莲口中的蜜汁！"（10.7—10.8）黑天将她紧紧拥抱，对他百般示爱。"经过长时同的抚慰，终于使那瞠羚眼羚女高兴起来。于是，美发者整理好衣服，去往灌丛深处的卧榻。此时夜幕四合，景物难辨，罗陀也振奋起来，装扮得光彩照人。"（11.1）从黑天谦恭地为罗陀涂饰趾甲，到他热情地拥抱罗陀，到罗陀开始对镜修饰，情势正在步步转暖。

图二十　罗陀装扮停当以后，在夜色中往黑天的住处走去。她一手托钵，一手拿着花环。等她的黑天正在向一人交代某事。其人不祥，或为大力罗摩。

# 第十一章　愉快的腰系带者[①]

　　经过长时间的抚慰,终于使那瞪羚眼女高兴起来。于是,美发者整理好衣服,去往灌丛深处的卧榻。此时夜幕四合,景物难辨,罗陀也振奋起来,装扮得光彩照人。这时一个女友对她说道:(11.1)

## 第二十歌,用伐散陀拉格唱出

　　他曾经匍匐在你的脚边,为哄劝你用尽好言好语。当下他正在美丽的万究罗林[②]旁用来嬉戏的卧榻上。可爱的傻瓜啊,摩图毁灭者[③]对你忠心不二。罗提迦啊,快快随他而去!(11.2)

---

　　① "腰系带者"即黑天。出典见第一章题注。
　　② 万究罗(vañjula)可能是一种木槿属锦葵科乔木,树叶具齿牙状,花大而艳丽。
　　③ 原文 madhumathana,黑天的名号之一。

你坚实的臀部和乳房显得很是沉重。你缓缓移步向前，宝石脚镯玎玲作响，样子像只野鹅。可爱的傻瓜啊，摩图毁灭者对你忠心不二。罗提迦啊，快快随他而去！（11.3）

听听那蜜蜂快乐的嗡鸣吧，它足以让年轻的女子神魂颠倒。还有那么多的杜鹃，像宫廷诗人一样，传达着用弓射花者①的命令。那就享受此情此景吧！可爱的傻瓜啊，摩图毁灭者对你忠心不二。罗提迦啊，快快随他而去！（11.4）

茂密的藤条上缀满嫩芽，就像人手。它们在风中抖动，似乎在催促你，让你那象鼻一般的大腿加快脚步。再不要踯躅徘徊！可爱的傻瓜啊，摩图毁灭者对你忠心不二。罗提迦啊，快快随他而去！（11.5）

你那鼓胀如罐的乳房前，颤动着清溪般漂亮的珍珠项链。问问它们②，是不是这爱神掀起的动荡，表明你感到了诃利的拥抱？可爱的傻瓜啊，摩图毁灭者对你忠心不二。罗提迦啊，快快随他而去！（11.6）

女友们全都知道，你的身体已经为爱情之战做好准备。旃迪啊，你腰带的玎玲声就像战鼓咚咚。那就丢掉

① 原文 kusumaśarāsana，指爱神。
② 指乳房。

羞涩,去迎接那甘美的爱吧！可爱的傻瓜啊,摩图毁灭者对你忠心不二。罗提迦啊,快快随他而去！(11.7)

像做游戏一样,拉着你的女友,离开这里。你手上漂亮的指甲就是爱神的箭。拿你手镯的声响去唤醒诃利吧,他还在自己的老地方。可爱的傻瓜啊,摩图毁灭者对你忠心不二。罗提迦啊,快快随他而去！(11.8)

吉祥胜天诗歌的价值胜过珍珠项链,表达从不转弯抹角。谁心中敬仰诃利,就让它经常装饰他们的脖颈吧。① 可爱的傻瓜啊,摩图毁灭者对你忠心不二。罗提迦啊,快快随他而去！(11.9)

"她将会看着我,对我讲起爱情的故事。她的身体处处都会因为我的拥抱而感到快活。朋友啊,由于同我会面,她将分外欢喜。"他②的脑海里充满这样的想法。在那黑暗笼罩的密林中,你亲爱的人正在心里注视着你。他一时发抖哆嗦,一时毛发倒竖,一时高兴快乐,一时浑身出汗,一时像去迎谁,一时僵立不动。(11.10)

在丛林中,暗夜像柔软的黑色大氅,将众多美妇全身

---

① 这里的"它"指胜天的诗歌。对于脖颈来说,可以通过佩戴项链装饰外部,可以通过咏唱诗歌装饰内部。

② 指黑天。

包住。她们两眼擦着眼圈粉,双耳挂着陀毕恰花串①,头上戴着蓝莲花环,双乳用麝香涂出叶形的图案。朋友啊,她们那期待偷情的心正在急奔。(11.11)

夜色浓重,比陀摩罗树叶还要黑。赴约的佳人们浑身藏红花色,在夜幕上划出一道道光,使它看上去就像测试爱情之金的试金石。(11.12)

诃利栖息在丛林深处。他戴着闪光的珍珠项链,系着黄金束带,臂钏和手镯宝光四射。罗陀来到他的门口,一见他就羞涩起来。于是女友说道:(11.13)

## 第二十一歌,用伐罗提拉格唱出

美丽的灌丛正是嬉游的好去处。尽情享受吧,你渴盼情爱,面露笑容。罗陀啊,到摩豆族人的身边去!(11.14)

新鲜的无忧树花瓣堆成绝佳的床榻。尽情享受吧,你如钵的胸乳前闪耀着珍珠项链。罗陀啊,到摩豆族人的身边去!(11.15)

洁净的卧房由众多的鲜花装饰着。尽情享受吧,你的身体也是娇嫩的花朵。罗陀啊,到摩豆族人的身边

---

① 陀毕恰树即下一颂提到的陀摩罗树,详见第一章第1颂有关注释。

去！（11.16）

摩罗耶山的林风徐徐吹来，带着香气和清凉。<sup>①</sup> 尽情享受吧，你悠扬的歌声也充满情味。罗陀啊，到摩豆族人的身边去！（11.17）

嗜蜜的蜂群正在唱歌。尽情享受吧，展现你迷人的恋爱风情。罗陀啊，到摩豆族人的身边去！（11.18）

空中回荡着杜鹃鸟悦耳的叫声。尽情享受吧，你的皓齿犹如尸迦罗宝石，闪着明亮的光<sup>②</sup>。罗陀啊，到摩豆族人的身边去！（11.19）

浓密的藤蔓上挂满新绽的花蕾。尽情享受吧，你丰满的臀部懈怠已久。罗陀啊，到摩豆族人的身边去！（11.20）

穆罗之敌啊，在你同钵摩婆底成功欢会的美妙时刻，请给她一百种幸运吧。诗王胜天此时也在歌唱。<sup>③</sup>罗陀啊，到摩豆族人的身边去！（11.21）

他<sup>④</sup>在心里长久地想你，因而精疲力竭，备受煎熬。

---

① 摩罗耶山多檀香树，故云。

② 尸迦罗（śikhara）类似红宝石，很像成熟的石榴籽。这里实际上是拿石榴籽比喻牙齿。

③ 本颂前半是转而说给黑天听的。穆罗之敌和钵摩婆底两名号分别见第一章第 37 颂和第 2 颂的有关注释。此处两者分别指黑天和罗陀。

④ 指黑天。

你的双唇如频婆果。在爱情的驱使下,他急欲啜饮汪在那儿的琼浆。他拜倒在你的莲足之下,就像一个奴仆——一个吉祥天女凭借轻蹙蛾眉俘获的奴仆。快去把他的身体装饰起来,就是片刻也好。① 你干嘛还逡巡不前?(11.22)

听到这里,她移步进入乔宾陀的住处,那儿动人的脚镯声正在玎玲作响。罗陀流转的眼波落在诃利身上,既含着畏惧,又透着喜悦。②(11.23)

## 第二十二歌,用伐罗提拉格唱出

一见罗陀露面,诃利郁积的种种感情便爆发出来,就像看到一轮明月,大海便掀起汹涌的波涛。同她嬉戏调情是他怀抱已久的唯一渴望。她也发现他脸上喜色洋溢,浑身充满爱情。(11.24)

他的手攥着胸前的珍珠项链。它色泽纯净,闪闪发光,从远处看,就像漂浮在阎牟那河上那明亮的泡沫。③

---

① 吉祥天女(lakṣmī)是毗湿奴(也即黑天)之妻,此处指罗陀。"轻蹙蛾眉",原文 bhrūkṣepa,亦有蹙眉斜视的意思,暗示罗陀秋波灵动,曾以顾盼生怜之姿赢得黑天的爱情。后面的"装饰"云云,是劝罗陀用自己的身体去装饰黑天的身体。
② 原文中的脚镯声、惧怕、喜悦等究竟属谁,后世研究者各有不同意见。
③ 河水是深色,泡沫是白色,用以比喻黑天的肤色和珍珠的颜色。

同她嬉戏调情是他怀抱已久的唯一渴望。她也发现他脸上喜色洋溢，浑身充满爱情。（11.25）

他黑色柔软的身躯整个包裹在漂亮的杜固罗衣里，就像一朵黑色莲花，莲根包裹在黄色的花粉中。<sup>①</sup> 同她嬉戏调情是他怀抱已久的唯一渴望。她也发现他脸上喜色洋溢，浑身充满爱情。（11.26）

他那灵活的眼光在迷人的脸上闪烁流转，逗人情动，就像秋季的湖面上一对鹈鸪在盛开的莲花间往来游弋。同她嬉戏调情是他怀抱已久的唯一渴望。她也发现他脸上喜色洋溢，浑身充满爱情。（11.27）

明亮的耳环像太阳一般，轻抚着他莲花般的脸庞。甜蜜迷人的笑意在他花蕾般的唇边闪动，勾人求欢之欲。同她嬉戏调情是他怀抱已久的唯一渴望。她也发现他脸上喜色洋溢，浑身充满爱情。（11.28）

戴在发丛中的美丽花朵，就像月光穿过乌云的缝隙。涂在额间的檀香痣，好似一轮皎洁的明月升起在黑夜。同她嬉戏调情是他怀抱已久的唯一渴望。她也发现他脸上喜色洋溢，浑身充满爱情。（11.29）

他急于施展爱戏的艺术，激动得浑身汗毛倒竖。他

① 莲花指头部，莲根指身躯。

的身段优美,上下饰满了光色灿烂的宝石。同她嬉戏调情是他怀抱已久的唯一渴望。她也发现他脸上喜色洋溢,浑身充满爱情。(11.30)

在吉祥胜天的描述下,诃利身上的装饰加倍眩目。崇拜他吧,把他最美好的善德长久铭记在心! 同她嬉戏调情是他怀抱已久的唯一渴望。她也发现他脸上喜色洋溢,浑身充满爱情。(11.31)

罗陀的目光越出眼眶,力图达到听力能及的地方,最后落到那闪烁的眼睛上。最爱的人彼此注视,顷刻间,罗陀喜极而流的眼泪如汗水般倾泻下来。(11.32)

留在屋外的好心女友适时离去。她走向他的床边,故意做出搔痒的样子,以掩饰自己的笑容。这瞪羚眼女面带羞涩而来,然而,当她看到诃利在爱神之箭的刺激下变得越发动人时,羞涩便消失得无影无踪。(11.33)

以上是吉祥的《牧童歌》的第十一章,称作"与罗提迦会面时愉快的腰系带者"。

# 第十二章　狂喜的着黄衣者<sup>①</sup>

　　女友们全都走了。罗陀的双唇沐浴在笑容之中。她虽然仍显局促，但热烈的爱情已经牢牢地掌握住她，使她激动不安；而她的眼光，更是不断地扫视那由新鲜花蕾和花朵铺就的床榻。看到自己深爱的罗陀，诃利满怀深情，对她说道：（12.1）

## 第二十三歌，用毗婆娑拉格唱出

　　亲爱的人啊，把你的莲足放在我铺满花蕾的床上，让你花骨朵般的脚趾把我那装饰华丽的床铺当作敌人，

---

　　① 毗湿奴的典型衣着是黄色的，故毗湿奴和黑天亦以"着黄衣者"（pītāmbara）为名号。印度教理论家称，黄色代表他与土地的联系，象征着地上的生命，意味着他会在必要时化身为人，下凡救世，发扬正义，铲除邪恶。

痛加蹂躏！① 那罗延是你忠实的追求者。罗提迦啊，此刻你就听他的吧！（12.2）

你远道而来，就让我用我的莲手来服侍你的脚吧。也让你的脚镯在我的床上休息片刻，它们像我一样，是追随你的英雄。那罗延是你忠实的追求者。罗提迦啊，此刻你就听他的吧！（12.3）

说些甘露一般的体己话吧，让它像宝贵的琼浆，从你的口中滴滴流出。我要脱掉我的杜固罗衣，它隔在中间，妨碍你的胸乳接触我的胸膛。那罗延是你忠实的追求者。罗提迦啊，此刻你就听他的吧！（12.4）

拥抱恋人的冲动正在爆发，令人毛发倒竖，但一时难以实现。把你如罐的双乳放在我的胸膛上吧，解除我的爱情之苦。那罗延是你忠实的追求者。罗提迦啊，此刻你就听他的吧！（12.5）

我一心想你，受着别离苦火的折磨，了无生趣。请赐我你唇间的琼浆玉液，标致的女人啊，它像甘露，能为我这奴仆注入生命。那罗延是你忠实的追求者。罗提迦啊，此刻你就听他的吧！（12.6）

---

① 美丽的东西和美丽的东西总是互为敌手。这里用花床与莲足互对，让莲足更胜一筹，显然有夸赞的意思。

面如朗月的女子啊,让你的宝石腰带响起来吧,好同你的嗓音相应和。杜鹃令人气馁的啼鸣已经灌满我的双耳。快来把我那郁积已久的沮丧驱除掉! 那罗延是你忠实的追求者。罗提迦啊,此刻你就听他的吧! (12.7)

你闭起眼睛,羞于看到由于无端愤怒而给我造成的巨大伤害。现在就睁开眼吧,把我爱的烦恼解除掉。那罗延是你忠实的追求者。罗提迦啊,此刻你就听他的吧! (12.8)

吉祥胜天的诗歌,句句讲的都是摩图之敌的欢乐往事。让敏于体味的人们尽享那由销魂情事带来的感情愉悦吧。那罗延是你忠实的追求者。罗提迦啊,此刻你就听他的吧! (12.9)

激战伊始充满了嬉戏调情,那是热恋的表现。受热情的驱使,为了征服所爱的人,她对他反复发起堪称大胆的攻势。她乳房挺起,双目微闭,隆起的臀部纹丝不动,春藤般的臂膀松弛下垂。女子哪里来的这阳刚之气?① (12.10)

欢爱使他精疲力竭。罗陀见所爱的人已经在自己

---

① 此处女子原文为复数。作者的意思或为就常态而言,并就此发为感慨。

的掌握之中,便产生了让他装饰自己的愿望。于是她坦率说道:(12.11)

## 第二十四歌,用罗摩迦利拉格唱出

雅度族的后裔啊,请拿你那比檀香油膏还要清凉的手,在我的胸乳,那鼓胀如罐的爱情吉祥物上,用麝香画出叶形的图案吧。——她对正在嬉戏,满心欢喜的雅度族后裔这么说。(12.12)

我的眼睛射出的爱情之箭让人愉快,上面涂着比黑蜂群还黑的眼圈。亲爱的人啊,请用你的双唇亲吻我眼圈上的灯黑,停在那里,将它点燃。——她对正在嬉戏,满心欢喜的雅度族后裔这么说。(12.13)

我的耳朵曾经让我那闪动的羚羊眼即使大睁也很绝望。① 美服者啊,给这对诱人的爱情罗网戴上耳坠吧。——她对正在嬉戏,满心欢喜的雅度族后裔这么说。(12.14)

我的头发像一群闪亮的蜜蜂,调皮地奔拉在胸前已经很长时间。把它盘回去吧,就盘在我那光洁无瑕,赛过莲花的脸庞上面。——她对正在嬉戏,满心欢喜的雅

---

① 本句的意思,可以参照前第十一章第 32 颂内容加以理解。

度族后裔这么说。(12.15)

莲花面啊,我脸上的汗水已干,请用麝香液在我的前额涂上漂亮的吉祥痣。我的颜面如月,它是月面上的食分①。——她对正在嬉戏,满心欢喜的雅度族后裔这么说。(12.16)

光荣的赐予者啊,我的发髻闪着光亮,如同爱神旗幡上的缨穗,但是在嬉戏中弄散了。给它插上鲜花吧,让它比孔雀翎毛更美丽。——她对正在嬉戏,满心欢喜的雅度族后裔这么说。(12.17)

我美丽的腰下润泽而丰厚,它是爱神的禁窟。善心的人啊,请拿宝石腰带、衣料和饰物给它穿戴起来。——她对正在嬉戏,满心欢喜的雅度族后裔这么说。(12.18)

请以同情之心,聆听吉祥胜天这美妙动人的诗歌吧。在这个迦利时代的龌龊世界里,对于诃利行迹的回顾,正是救治热病的甘露。——她对正在嬉戏,满心欢喜的雅度族后裔这么说。(12.19)

请为我的双乳画上树叶,给我的两腮涂上亮色,在我的腰际系上束带,为我的发辫系上花环,给我的双腕

---

① 食分(kalaṅkakala)作为名词,是用来表示日、月食时,太阳和月亮被食程度的,以日、月直径的十二分之一为单位来计算。这里的食分用来简单指月亮被食变暗的部分。

套上手镯,为我的双足系上脚铃。听到这样的交代,她亲爱的着黄衣者便照着要求,一一做去。(12.20)

　　诗人胜天学识渊博,服膺黑天,心无旁骛。作为毗湿奴的信徒,他娴于诵唱,善于沉思,所作诗歌,充满欢乐,而对于艳情之味,也能认识入微。① 那么所说这些,是否真实,就让快乐聪慧之人通过吉祥的《牧童歌》来判断吧。(12.21)

　　吉祥胜天是吉祥薄伽提婆之子,罗摩提毗所生。吉祥的《牧童歌》展现了他的诗才。愿它能在波罗奢罗和其他朋友的歌喉中传唱起来。(12.22)

　　以上是吉祥胜天所作的吉祥的《牧童歌》的第十二章,称作"狂喜的着黄衣者"。

　　吉祥的《牧童歌》至此结束。

---

　　① 这里的艳情指印度古代文学理论中的所谓"味"的一种——情爱。作为美学概念,"味"指的是人在观剧或吟诗时所获得的主观内心感受;用于分析作品时,它也是艺术批评的原则。传统认为,"味"有八(或十)种,其中第一种便是艳情,也即情爱。情爱色黑,以毗湿奴(也即黑天)为其保护神。它又下分两类,一是欢爱,讲男女相悦,爱情成功;一是沮丧,讲由欺骗或其他原因造成的失恋、分离等带来的情绪低落和苦恼。

图书在版编目(CIP)数据

牧童歌／(印)胜天著；葛维钧译.—上海：中
西书局，2019
(梵语文学译丛)
ISBN 978-7-5475-1539-6

Ⅰ.①牧… Ⅱ.①胜… ②葛… Ⅲ.①抒情诗—印度
—中世纪 Ⅳ.①I351.23

中国版本图书馆 CIP 数据核字(2019)第 185377 号

# 牧童歌

**[印度] 胜天 著 葛维钧 译**

责任编辑 孙本初
装帧设计 黄 骏

出版发行 上海世纪出版集团
中西書局(www.zxpress.com.cn)
地 址 上海市陕西北路 457 号(邮编 200040)
印 刷 上海天地海设计印刷有限公司
开 本 890×1240 毫米 1/32
印 张 3.625 插页 0.5
字 数 72 000
版 次 2019 年 12 月第 1 版 2019 年 12 月第 1 次印刷
书 号 ISBN 978-7-5475-1539-6／Ⅰ·193
定 价 32.00 元

本书如有质量问题,请与承印厂联系。电话：021-64709974